馬力歷險記 2 之黃金國(繁體字版)

The Adventures of Ma Li (2): Eldorado (A novel in traditional Chinese characters)

B杜

British Library Cataloguing-in-Publication Data. A CIP catalogue record for this book is available from the British Library.

ISBN 978-1-913080-65-5 (ebook)
ISBN 978-1-913080-64-8 (print)

For my Family

第1章·郵差送信來

從西藏回來後，馬力的心情悲喜交織，喜的是地球終於免受核輻射所帶來的傷害；悲的是他的父母到現在還下落不明。

葛家人同樣悲喜交織，喜的理由和馬力如出一轍，悲的是他們已經在地球上待了一年多，如今馬力的父親依舊杳無音訊，代表他們得繼續待著，這不是他們想要的。

"孩子們，好久不見，聽說你們完成任務了，恭喜！"巫老師說。

再度看到那張甜美的笑臉，對於心有遺憾的馬力來說，不無小補。

"哎～"孩子們先後嘆氣。

"怎麼是這個反應？我以為你們會開心地歡呼起來。"

行空推一推他的黑框眼鏡，答："馬力的父母還是不知所終。"

"噢！可憐的孩子。"說完，巫老師過來擁抱馬力。

幸福來得太快，馬力還來不及享受這個過程，女神就放開他，只留下淡淡的香水味，像混合了蜜柑和海洋的氣息。

"你們有誰能告訴我這次任務都經歷了什麼？"巫老師問。

於是四個孩子你一言我一語地爭相告知，不論當時有多麼驚險，現在說起來卻樂多於苦。

馬力終於明白為什麼馬爾星人會這麼熱衷完成任務，原來那是一個奇妙的過程。

"這麼說，同一時間裏也有人在南半球試著解救地球，"巫老師喃喃道，"他們究竟是誰呢？"

"馬力以為是他的父母。"叮叮說。

"誰讓妳多嘴？"馬力怒目相視。

“難道不是？”

馬力的確這麼想，但沒有任何徵兆顯示那是他的父母所為，他很害怕這是自己一廂情願的想法，同時也不高興有人讀出他的心思。

“當然不是。”他假裝信心滿滿，“我父母應該離我不遠，他們沒多久就會回來。”

“都一年了，要回來早回來了。”咚咚説。

話説得没錯，但聽在耳裏很不舒服，彷彿預告他的父母已經遭遇不測，要不就是不要他了。

“我説他們一定會回來，你們怎麼就是聽不明白？”馬力嘶吼完，衝出教堂。

他以為巫老師會出來找他，結果没有。這正好，他需要時間和空間獨處一下。

此時小教堂外天朗氣清、惠風和暢，一切是那麼的美好。突然，一個白色的動態影子朝他而來，由遠及近。

“早！”刹車聲響起。

説話的是一名年輕郵差，身上無一不白，白色的制服、白色的帽子、白色的單肩包、白色的自行車……等，連膚色也偏白（馬力以為在烈日下送信的郵差都有一張黝黑的臉，像包公一樣）。

"你長得不像郵差。"馬力說。

"你的確觀察入微，我以前待在醫院裏。"

"你是醫生？"

"不是，我是病人。幾個月前醫生告訴我時日無多了，我心想還沒好好看一下世界就走到終點，未免可惜？於是離開醫院投入工作，沒想到身體狀況反而好轉。我猜是每天騎自行車的緣故，畢竟增加了體力及肺活量。"

他不說，馬力不會以為這個男人曾經病入膏肓（除了蒼白的臉色有點兒不尋常外）。

"你現在還吃藥嗎？"馬力問。

"吃，所以臉色不太好看。我打算以後漸漸少吃，看效果會不會好一些。"

馬力很想告訴他吃藥好得快，但再想到他離開醫院後反倒健康，說不定就是吃藥給吃壞的，不是說藥都帶三分毒性嗎？

"祝你早日康復！"馬力對他說。

"謝謝！"郵差拿信當扇子揮，"這裏怎麼突然變熱了？上禮拜還冷風颼颼的。"

已經11月份，也該有入冬的樣子，但馬力無法告訴他眼前的變化乃因馬爾星人而起，為的是讓居住地更像那四季如春的故鄉（不過這倒間接證明當葛家人和馬力不在時，巫老師又讓此地恢復原來的樣子）。

"我也不清楚。對了，你手中的信是給誰的？"

"給巫咘咘的，你認識她嗎？"

"認識，她是我的老師。"

"原來是老師，我還以為她是教堂的工作人員。"他看了一眼手中的信，"你能把信轉交給她嗎？"

馬力回答沒問題，緊接著問有沒有馬力的信件？

"馬力？"他翻看一下白色單肩包，"沒有，倒是有葛立的信件，他就住在不遠處。"

馬力告訴郵差，自己也住在那棟像廢棄工廠的屋子裏。

「我記住了，如果有你的信件，我一定會投到橡樹信箱裏。」

葛家屋前有棵橡樹，它的腰際曾被啄木鳥啄了個大洞，後來悲傷阿姨把它裝飾起來當信箱，不仔細看可能看不出來，但郵差是知道的。

「謝謝！祝你今天送信愉快。」馬力說。

「也祝你今天學習愉快。」他答。

第2章·那個人

巫老師來喚馬力進去吃飯時，他把信件交給她。

"那個人有沒有說什麼？"巫老師問。

"那個人？"馬力想了想，"噢！妳指郵差。他說天氣熱，還問我認不認識妳？"

"就這樣？"

馬力又想了一想，才答："他以為妳是教堂的工作人員，沒想到是老師。"

此時巫老師問他對"那個人"的看法。

"除了由病人變成郵差的經歷頗為傳奇外，我看不出他和別人有什麼不同。"

“是嗎？我感覺他挺特別的，不笑的時候很憂鬱；笑起來又很治癒。還有，他的聲音特別有磁性，語速也剛剛好。”

馬力不記得郵差有沒有對他笑，但聲音倒是記得，就是很一般的聲音。

“世界上有很多郵差，而且流動率還滿大的，我以前住的地方一年總要換上幾個。”他說。

“真的嗎？”巫老師突然眉頭深鎖，“也許下次我問問他有沒有換工作的打算。”

馬力心想這未免也太小題大做了，就算“那個人”換工作，日後自會有人頂替上，沒什麼大不了的。

雖然內心不以為然，但他仍言不由衷地答：“也好。”

第3章·白馬王子

晚餐桌上，馬力問方臉大叔：“你今天收到信了嗎？”

“收到了，是市政府寄來的，說這裏要規劃一個大型的動物園，讓我們及早搬離。”

這真是突如其來的壞消息！

“我不搬！”叮叮說。

“我也不搬。”咚咚說。

“我……看爸媽怎麼決定。”行空說。

方臉大叔和悲傷阿姨互看一眼後，表示他們也不搬。

葛家人全是外星人，不怪他們不了解情況，但馬力是地球人，他認為有必要普及一下這裏的規定。

"咳、咳、"他刻意清一清喉嚨，"是這樣的，一旦給了公函，代表這事已經定了，沒得商量。"

"建動物園需要土地，既然這塊地已經被我買下，就屬於我的私人財產，我說了算。"方臉大叔一臉淡定地答。

馬力問買地是什麼時候的事？

"今天下午一收到信我就聯繫地主，他本來不想賣，說已經跟市政部門做了口頭協議，於是我把價錢往上翻了兩翻，他就簽字了。"

馬力想起每當月圓時都會送金銀珠寶來的羊駝，此次離家三、四個月，想必已經攢下不少價格不菲的寶貝，否則拿什麼買地？

"這下子市政府的人恐怕要不開心了。"馬力有感而發。

"動物本來就不應該被圈養起來，讓它們在大自然裏奔跑豈不更好？"悲傷阿姨說。

道理馬力懂，但動物園好像是每個國家的標配，它是親子活動的最佳場所。馬力還記得小時候跟父母一起參觀動物園的情景，那真是一段美好的回憶……

"對了，你怎麼知道我今天收到信了？"方臉大叔問馬力。

"早上我見到郵差，他告訴我的。"

咚咚立刻插嘴："原來你見到巫老師的白馬王子了。"

馬力要咚咚別亂說話，不是所有穿白衣服的人都是王子。

"穿白衣服的人的確不一定是王子，但這個是。"

雖然咚咚十分肯定，但馬力還是不相信，於是咚咚要他親自去問當事人。

"我會的，明天一早就問！"馬力賭氣地答。

第4章·失戀

休息時間一到，馬力尾隨巫老師來到廚房間。面對質問，後者有點兒招架不住。

"他……他是郵差。"

"咚咚說郵差是妳的白馬王子。"

"我……我不知道他是不是王子。"

這個回答很模棱兩可，馬力決定挑明了問。

"妳喜歡他嗎？"

"我當然喜歡他，他不是給我送信來嗎？"

如果巫老師的臉頰上没有出現兩朵小紅花，馬力不會對號入座，同時感覺自己被背叛了。

“我長大了也要當郵差，這樣就能天天為妳送信。”他賭氣地說。

“哈哈！你真可愛，”巫老師彎腰與他碰鼻，“一言為定呦！”

馬力想起方臉大叔也曾與他碰鼻，並且解釋這是馬爾星上代表“一言為定”的行為方式。

如果不是這個相同的動作，馬力差點兒忘了巫老師也是外星人，血液是綠色的，吸的還是二氧化碳。

“這下子巫老師恐怕要失戀了。”馬力心想。

第5章•寂寞的巫老師

當巫老師把學生都送到教堂外時，方臉大叔的房車已經在那裏等候。

"巫老師再見！"

"再見！孩子們。"

馬力走了幾步，再回頭，教堂的門已經關上。

"巫老師是不是承認喜歡郵差？"上車後，咚咚不懷好意地問馬力。

"此喜歡非彼喜歡，她說那個人是郵差，給她送信的。"

"這就奇怪了，那她幹嘛自己給自己寫信？"

巫老師自己給自己寫信？馬力直呼不可
能。

叮叮隨即插嘴：“巫老師的確自己給自
己寫信，行空也知道。”

馬力立即望向行空，那個小腦袋瓜向下
點了點，證實姐姐們的說法。

“可憐的巫老師，她一定很寂寞。”馬力
心想。

第6章·社工二度來訪

當地球軸心化為橙色亮光射向天空，並且在地球大氣層處形成一個保護膜時，南半球的亞馬遜雨林同樣也有人為拯救地球做出努力。

叮叮說的沒錯，馬力直覺認為那是他的父母所為。正因如此，想到南美洲一探究竟的慾望就越發強烈，然而葛家人好像事不關己，該吃吃，該喝喝，沒人再提起那片雨林以及……他的父母。

"叮咚！"門鈴聲響起。

這是他們從西藏回來後，第一次有訪客。

行空離開飯桌去開門，沒多久，他把一對男女帶進來。

馬力看過那個男的，也看過那個女的，這是他倆二度上門。

“太好了，來了幾回都撲了個空，今晚總算在家。”社工哥哥說。

“我們很擔心馬力的安危，還差點兒報警了呢！”社工姐姐補上一句。

過去幾個月，馬力和葛家人為了挽救地球使出渾身解數，難怪把“社工會不定時做家訪”這件事給忘得一乾二淨。

“我們去旅行了，全家都去。”方臉大叔解釋。

社工哥哥問旅行那麼久，馬力的學業怎麼辦？

很少開口的悲傷阿姨開口了，她說一草一木一花一石都是學習的對象，不一定非得坐在課堂裏才算學習。

談話氛圍一下子冷掉了，社工姐姐趕緊要他們繼續吃飯，藉以轉移注意力。

當馬力和葛家人沉默地吃著飯時，那對男女就在屋子裏走來走去，還好今晚吃燒烤，用手抓著吃也不顯突兀，否則場面會更加尷尬，腳趾都能摳出個三室兩廳來。

“馬力，你吃飽了嗎？如果吃飽了，我們到屋外走走。”社工姐姐忽然說。

馬力求之不得，因為他已經用腳趾摳出了一室一廳。

“我吃飽了，現在就走！”他答。

第7章•依然杳無音信

“馬力，你是不是一直用手吃飯？”社工姐姐問完，把錄音筆放在他嘴邊。

“我……我……今晚吃燒烤，用不上筷子。”

“用不上筷子可以用刀叉，你不覺得燙手嗎？”社工哥哥提出疑問。

馬力回答他的皮夠厚，所以不覺得燙手。

接下來那兩人輪番對他拷問，馬力小心應對，沒露出破綻。

“這裏一直都這麼熱嗎？”社工哥哥拿手當扇子揮，“一路上我忙著脫衣。”

“可能緯度不同，所以……”

社工姐姐接著問收養家庭對他好不好？生活上有沒有奇怪的地方？

"他們都對我很好，完全沒有奇怪的地方。"

社工姐姐很滿意他的回答，收了錄音筆之後，重申日後若需要幫助，可以撥打求助電話9595，意思是"救我救我"。

"請問……"馬力遲疑了一下，最後還是鼓足勇氣，"請問有我爸媽的消息嗎？"

"抱歉，目前沒有。"社工姐姐流露出同情的表情，"不過你放心，一有消息，我們會立刻通知你。"

雖然這是意料中的事，但聽在耳裏還是挺讓馬力氣餒的。

第8章·奇普

馬力進屋時，十隻眼睛齊刷刷對準他。

"我說一切正常。"

他一答完，所有人做鳥獸散，方臉大叔進了白色門的房間，悲傷阿姨進了灰色門的房間，雙胞胎姐妹則上樓，她們的房門是藍灰色的。

"走，"行空拉一下馬力，"我們也回房。"

"幹嘛？"

"學習。"

從西藏回來後，馬力好不容易有了幾天相對清閒的日子，沒想到這家人全是書蟲，現在又把學習安排上。

進到墨青色房門的房間後，馬力瞪著自己的書桌好一會兒，想不起來該學習什麼，只好轉頭問行空：「嘿！你在做什麼？」

「我在研究印加帝國。」

「印加帝國？為什麼？」

行空答印加帝國是11世紀至16世紀期間在南美洲建立的君主專制帝國，其政治、軍事和文化中心就在秘魯的庫斯科。

「所以你是研究庫斯科？」馬力又問。

「也不盡然。」行空推一推他的黑框眼鏡，「庫斯科內有兩條主要河流，分別為烏魯班巴河和阿普里馬克河，它們是亞馬遜河的上游支流。」

「所以你是研究亞馬遜河？為什麼？」

行空又推一推他的黑框眼鏡，答：「我們猜你父母或許就在亞馬遜雨林內，那麼研究該區域很重要。由於亞馬遜河經過的國家太多，我打算先從秘魯的庫斯科研究起，畢竟它是南美洲印加文明的發源地。」

「我們？意思是你們全家都為了我父母而努力學習？」

"没錯，你呢？你在學習什麼？"

面對質問，馬力感到汗顏，除了猜疑葛家人不關心自己的父母外，他什麼也沒做。

"我……我正在學習印加人的文字。"馬力隨便找了個藉口。

"噢！原來你在學習奇普。"

馬力一頭霧水，什麼是奇普？看來他真的得好好研究一下。

第9章·咕咕咕

為了搞清楚什麼是奇普，馬力一頭栽進書海裏，連行空何時上床睡覺都渾然未覺。

"咕咕咕……咕咕咕……"

聽到叫聲，馬力起身往窗外看去，一個白色的身影在木柵欄和橡樹間來回跳躍。

不用猜，是白雪無疑，它已經這麼玩了好幾天，也不怕叫聲吵醒睡夢中的人。

"行空，你就不能管管你的雞嗎？"馬力對睡在下舖的男孩說。

行空嘟囔幾句，翻個身又沉沉睡去。

自從這隻叫“白雪”的母雞和他們在西藏相遇後，彷彿一個甩不掉的影子，一路跟隨他們回家。善心的方臉大叔還為它建造了一個豪華雞舍，免去它遭受風吹雨打的折磨。

話說回來，這隻雞倒挺自覺的，很少進到屋裏來。也難怪，和鋼筋水泥的建築一比，庭院好玩多了，不僅能恣意活動，可吃的東西也不少，像是昆蟲、穀類、豆類、草籽、綠葉、嫩枝……等。

馬力爬到上舖，剛一躺下，行空即起。

“你去哪裏？”馬力探頭一問。

行空彷彿聽不見，打開房門走了出去。

“哎！他又夢遊了。”馬力心想。

夢遊是一種睡眠障礙，聽說和患者的精神壓抑有關。馬力不知道行空的精神有沒有被壓抑，他倒是被壓抑了，很害怕這個室友做出什麼出格的事（譬如站在屋頂上或拿起清潔劑猛灌）。

“不管他了，再不睡天就亮了！”馬力喃喃道。

半夢半醒間，馬力好像聽到咕咕咕的叫
聲，只是這個叫聲有點兒奇怪，不像來
自白雪。

第10章・亞馬遜雨林

“孩子們，今天又是朝氣蓬勃的一天，你們想先上什麼課？”

巫老師一說完，一隻手舉起。

“馬力，你說。”

“能談談亞馬遜雨林嗎？”

“當然可以，不過你為什麼對它感興趣？”

馬力還沒來得及回答，叮叮搶先一步說出答案。

“誰讓妳多嘴？”馬力怒目相視。

“難道不是？”

馬力的確認為他的父母很可能就藏在亞馬遜雨林裏，所以急切想知道相關消息，但他不高興有人先說出答案，要說也得由他來說。

"根據羅盤顯示，有人曾在亞馬遜雨林為挽救地球做出努力，也……也許那是我的父母，這是目前唯一的可能線索。"馬力將叮叮的答案進一步完善。

"原來是亞馬遜雨林啊！我還在想南半球大得很，該從何找起？"巫老師對馬力微笑，"現在範圍縮小了，是好事，不是嗎？"

馬力感覺巫老師簡直是上天派來的天使，總能在他最脆弱無助的時候給予力量，沒料到行空很不識相地潑來一盆冷水。

"亞馬遜雨林的面積不小，約等同一個澳洲大陸。"他告訴大家。

這是第一次馬力憎恨起行空的博學多聞。

"老師又沒說亞馬遜雨林的面積小，只是說範圍縮小了，你怎麼就誤解了呢？"馬力開口護衛。

"我不是那個意思。"行空答。

巫老師趕緊平息這種無謂的爭執，轉身要叮叮把燈關了。

當燈關上後，很快聖壇後的牆壁亮起，巫老師又使用投影片上課。

"這是亞馬遜雨林，它是地球上最大的熱帶雨林，卻不曾有過光輝燦爛的文明，因為這裏的土壤鬆軟，不適合大型建築定基，同時潮濕悶熱的天氣和密集的物種環境也不適合人類居住。"巫老師連續放映了好幾張投影片，"這是當地的蚊子，攜帶著瘧疾和黃熱病；這是美洲虎，領地意識很強，一旦闖入，分分鐘喪命；這是子彈蟻，如果不經意被它咬上一口，所帶來的疼痛就像被子彈擊中一樣；這是箭毒蛙……這是響尾蛇……這是巴西流浪蜘蛛……這是水蟒……這是短吻鱷……這是電鰻……這是食人魚……這是……"

光看這些危險信號，想一探究竟的念頭就大打折扣。

"妳的意思是只要進到裏面就別想活著出來？"馬力問。

“不是這樣的，”巫老師笑了，“亞馬遜雨林裏還是有土著部落的存在，每年也吸引著探險家及尋寶者前仆後繼而來。”

尋寶者？馬力忍不住問這麼個破爛地方也有寶貝？

巫老師收起笑臉，很嚴肅地答：“不僅有，據說為數還不少。”

第11章·寫生

在巫老師的描述下，馬力了解到古印加人非常崇拜太陽神，由於黃金所發出的光澤與太陽的光輝很接近，所以他們特別鍾愛黃金，不僅神廟和宮殿都使用了大量黃金，印加人也多佩戴黃金飾物，於是"印加帝國擁有巨量黃金"的傳說便不脛而走，引起殖民主義者的覬覦也是顯而易見的事。十六世紀初，西班牙殖民軍成功攻占了印加帝國的卡哈馬卡城，俘虜了當時的皇帝，即使交出一屋子的黃金當贖金，皇帝最後仍被殘忍殺害。為了得到更多的黃金，西班牙殖民軍轉向當時的首都庫斯科，本以為可以把印加人歷年來聚斂的黃金全收入囊中，結果卻大失所望。

「可是……」馬力一開口，八隻眼睛齊刷刷對準他，「可是我問的是亞馬遜雨林，非印加帝國。」

巫老師解釋印加帝國的版圖雖然主要分佈在安地斯山脈，但也包括部分亞馬遜河流域，誰也說不好黃金是不是來自雨林深處。

馬力問這是什麼意思？

巫老師正要回答，教堂外傳來聲音：「巫咘咘的掛號信。」

「來了。」

看著神采飛揚的巫老師飛奔出去，馬力的心中很不是滋味。

「嘻！白馬王子來了。」說完，咚咚搗著嘴笑。

馬力瞪她一眼，但也拿她沒辦法。

巫老師回來時，除了手中多出一封信外，還包括掩也掩不住的笑意。

「是誰的來信？」馬力問。

「一個……朋友。」

「朋友？誰？」

"說了你也不認識。"

這個回答疑雲重重，首先，巫老師是外星人，一年多前才和葛家人一同乘坐飛行器來到地球；其次，他們居住在方圓百里無人居住的山間，不排除偶爾有上市集採購日用品的機會，但接觸者多為攤販，莫非攤販是她的朋友？

"老師，妳是不是又給自己寫信了？"叮叮不懷好意地問。

"我……"巫老師紅了臉，"哪有？"

"嘻！還寄掛號信，如此一來就能跟白馬王子說上幾句話。"咚咚補上一刀。

這下子巫老師百口莫辯，恨不得挖個地洞鑽進去。

馬力雖然生氣（他也不清楚氣從何來），但不願見心目中的女神如此狼狽，遂開口轉移注意力。

"老師，妳還沒回答為什麼黃金會來自亞馬遜雨林深處。"

"噢！是的，我現在就回答。"巫老師快速轉換心情，"由於沒找到足夠多的黃金，很多流言甚囂塵上，其中最廣為流傳的是印加帝國的黃金其實是從亞馬遜雨林裏的瑪若依國運來的，它是帝國的附庸國，雖然小，但那裏的黃金堆積如山，又稱'黃金國'。於是一支支探險隊和數量龐大的尋寶者便紛至沓來，然而他們萬萬沒想到這個廣袤無垠的原始森林竟會如此危險，既有猛獸毒蛇，也有食人族部落，每前進一步都代表離死亡更近一些。雖然最終有人發現等同300萬美元的翡翠原石，但和逝去的人數一比，根本微不足道，這多少扼止一些激進者的步伐，直到《瑪若依國—傳說中的黃金國》一書面世，才又掀起尋寶熱潮。"

行空問書中都寫了些什麼？

"這是你們今天的功課，回去好好查一查，明天我們再一起討論。"巫老師突然話鋒一轉，"孩子們，室外風和日麗，我們何不到外面寫生？"

第12章・談戀愛

巫老師從來不給作業，可是今日她卻安排上了，讓馬力很不解，不過答案很快就揭曉了。

"巫老師在看她的白馬王子。"咚咚壓低聲音對她的姐姐說。

"真的嗎？"叮叮左看右瞧，"人在哪裏？"

"那呢！春冬交界處。"

姐妹倆的談話全進了馬力耳朵裏，他很氣巫老師為了目送郵差，把學生全趕到教堂外寫生（雖然畫畫本身是件挺快樂的事）。

“老師，我不會畫。”馬力說。

巫老師收回目光，走到馬力的畫架前，問：“你怎麼什麼也沒畫？”

“那是因為眼前的一切太詭異了，冷熱同時出現，我怕畫出來會被人當成瘋子。”

“那……那……你等會兒再畫吧！”巫老師說。

“何必等會兒？把壞天氣趕跑不就好了？”

“可……可是騎車的人就要汗流浹背了。”

馬力恍然大悟，原來“白馬王子”上山前穿得很臃腫，來到這裏卻艷陽高照，若脫了衣服，根本無處安放。巫老師為了體貼他，所以成了眼前這麼一幅怪異景象（自行車所到之處是冬天，車屁股後卻是春天）。

“嘻！老師談戀愛了。”咚咚搗著嘴笑。

“這不是談戀愛，是……是善心，為他人著想。”巫老師此地無銀三百兩地澄清。

馬力心想這兩人最好別談戀愛，否則都有苦頭吃，因為地球人和外星人相戀前

所未有，可想而知，橫在面前的必是重
重的障礙與難關。

第13章·掀起尋寶熱潮

晚餐過後，馬力先把畫到一半的寫生給完成，再到地下圖書館找書。

"葛巫，《瑪若依國—傳說中的黃金國》在哪裏？"馬力問機器人。

"在叮叮那裏。"葛巫答。

馬力沒想到叮叮的動作如此之快，只好上樓找人，不，找書。

叮叮在聽完來意後，表示書給了咚咚。

"不在我這裏，"房內的咚咚轉過頭來，"書被行空拿走了。"

兜轉了半天，原來書在馬力的房間內，他即刻回房。

「行空，老師指定閱讀的書在不在你這兒？」馬力一進門就問。

「在，給你！」

馬力接過書，同時問他是否全讀完了？行空答是。

「這麼厚，」馬力舉起書，「全讀完了？」

行空依舊答是。

馬力心想外星人果然不一樣，換作他，今晚能看完$1/3$就要謝天謝地了。

隔天，馬力頂著黑眼圈上課，巫老師問他怎麼了？

「他昨晚熬夜看書，很晚才上床睡覺。」行空代答。

「誰讓你多嘴了？」馬力怒視室友。

没想到巫老師立即表示應該多留點兒時間給他，畢竟地球人的眼睛結構不一樣，不能一目百行……

「你們真的能一目百行？」馬力睜大眼睛問。

看一大三小點頭，他瞬間全明白了，難怪叮叮、咚咚、行空三人能在那麼短的時間內快速閱讀完畢。

“既然馬力那麼用心準備，我們先讓他講講讀後感吧！”巫老師說。

要講讀後感，馬力認為整本書就是個童話，騙人的。

“咳、咳、”他故意清一清喉嚨，“我認為這本書挺……挺有意思的，它描述了一個不存在的王國。試想一下，若這世界真的有全金打造的國家，早被作者洗劫一空並且過起窮奢極侈的生活，哪有時間坐下來寫書？”

“原來你没全讀完，”行空推一推他的黑框眼鏡，“洛桑博士只是目睹而已，當他回頭找團隊時，不幸迷失在雨林裏，最後雖然倖存下來，卻再也找不到通往黃金國的道路，即使後來又數度重回雨林，依舊無功而返。晚年時他提筆寫下這本書，也算是替這段奇遇留下點兒鴻爪雪泥。”

馬力吐了吐舌頭，他的確只讀到一半，没想到打臉來得這麼快，簡直丢臉死了！

“馬力已經盡力了，我想他會利用時間讀完整本書，是不是？”巫老師問馬力，眼裏盡是柔情。

“會，我會的。”馬力點頭如搗蒜。

巫老師接著問有誰能介紹一下書中的黃金國？

叮叮第一個回答，她說瑪若依國是印加帝國的附庸國，除了不定時奉上黃金外，所使用的律法及信仰的宗教也仿效主子。她認為如果不是骨子裏太懦弱，這個國家完全有能力獨立起來，免受強國欺壓。

“這是以卵擊石，”行空不苟同，“雖然瑪若依國擁有大量黃金，但人數太少，根本不成氣候，只能依附在強國之下。”

咚咚反駁：“人數少的問題可以解決，以他們的財力，向外招來驍勇善戰的勇士絕非難事，癥結出在國王身上，他只顧坐在黃金堆上自滿。”

根據書中記載，瑪若依國的王宮金碧輝煌，彷彿被某人的金手指一指，所見皆為黃金，宮殿內甚至有黃金雕像、黃金噴泉以及黃金座便器。

“有句話叫‘飽暖思淫欲’，如果我是國王，大概也會坐在黃金堆上自滿。”馬力感嘆，“對了，他們的飲用水要怎麼解決？聽說亞馬遜雨林裏的河流暗藏殺機，不僅有鱷魚及食人魚潛藏著，水還不乾淨，喝了容易肚疼。”

“原來你不僅沒全讀完，還跳讀。”行空又推一推他的黑框眼鏡，“瑪若依國人早未雨綢繆，在王宮附近開鑿了一個人工湖，除了解決飲水問題外，還做為祭祀之用。每當祭典活動開始，代表又有幾噸黃金奉獻給太陽神。”

“你的意思是黃金全進了湖底？”馬力問。

“書中是這麼寫的。”

古人一祭祀起來沒完沒了（不下雨要祭祀，雨下多了也要祭祀；國王選妃要祭祀，妃子生不出小東西也要祭祀），換言之，湖底的黃金數量指不定比地面上的金王宮還要多得多。

“這麼一大筆財富如何不動心？難怪洛桑博士的書一面世，馬上掀起尋寶熱潮。”馬力說。

第14章·任務

"老師，"馬力舉手，隨即又放下，因為想起這是小班教學，不需要舉手，"洛桑博士為了重回黃金國，曾從圭亞那高原深入到奧里諾科河谷，再沿埃塞奎博河、德梅拉拉河、伯比斯河南下，直至著名的魯普努尼草原。我感到挺不可思議的，這範圍未免也太廣了，他不過是舊地重遊，至於像無頭蒼蠅一樣亂竄嗎？"

此時叮叮和咚咚笑得前仰後合。

"笑什麼？"馬力好生氣，這倆姐妹也太不尊重人了。

"我們笑是因為你真的没仔細閱讀，洛桑博士已經在書中承認自己是個大路癡，如果不是因為這個缺陷，也不致於窮極一生都在尋找，最後還抱憾西歸。"叮叮解釋。

馬力感到難為情極了，露餡兒露得這麼明顯也沒那個誰了。

"好了，別說馬力了，他已經答應回去好好閱讀，我們給他多點兒時間。"善解人意的巫老師又救了馬力一回。

此時咚咚突然冒出一句："這是此次的任務嗎？"

"是的。"巫老師答。

然後馬力聽到其他三個孩子同時發出"嗯～"的聲音，像在思考什麼。

"馬力，你加入嗎？"巫老師問。

馬力已經不是菜鳥，他知道任務代表他們即將又有一次奇妙的旅程，只是他還是有疑問。

"請問此次任務是找到黃金國嗎？"他問。

"當然不是，"巫老師笑了，"任務是找到你父母，順便拜訪一下黃金國。"

“既然這樣，那我非加入不可。”馬力開心地答。

“既然這樣，那我非加入不可。”馬力開心地答。

第15章·地球破洞

由於今天在課堂上鬧了笑話，晚餐過後，馬力立即回房間閱讀。

"地球破洞？"馬力喃喃道。

洛桑博士在他所寫的書中曾經提到"地球破洞"，馬力感到很新奇。

"嘿！你知道什麼是地球破洞嗎？"馬力問室友。

行空轉過頭來，答："按地球人的說法就是洩洪口。"

在他的進一步解釋中，馬力知道洩洪口指的是水庫前方的一個水壩，人們通過調節水壩來調節水源，但有些地方條件不夠，只能鑿一個"井式溢洪道"，這也是“地球破洞”一說的由來，因為它的通道口往往會被暴漲的河水所淹沒，人們看不到人造建築，誤以為是地球表面破了個洞，以致於水都流向地底深處。

這個回答讓馬力興奮不已，因為洛桑博士曾說自己在抵達黃金國之前看過地球破洞，團隊中還有人被“吸”了進去，所以只要找到溢洪道，代表離黃金國不遠了，不是嗎？

行空表示如果想查找近期的溢洪道並不難，巴西和秘魯為了發電，正有計劃地開發亞馬遜河，但《瑪若依國—傳說中的黃金國》一書完成的時間在16世紀，當時的亞馬遜雨林比現在還原生態，根本不會有這種人工裝置。

“你的意思是……”

行空推一推他的黑框眼鏡，答：“我的意思是它真的就是個破洞。”

馬力感到迷惑，地球真的有破洞？這也太神奇了！

行空解釋這沒什麼好奇怪的，地心人曾說過地球像個上下有缺口的鬼工球，既然上下都有缺口，其他地方破個小洞算什麼？

馬力想起的確有這麼一回事，雖然是由方臉大叔轉述的，但也八九不離十。

“你說沿著地球破洞一直往下，會不會又和地心人打上照面？”馬力接著問。

“不清楚，不過這倒提醒我得完成地心人的囑託。”

“什麼囑託？”

“地心人希望我們呼籲人類停止地下核試驗，因為輻射已經影響到他們的正常生活，生出畸形寶寶的比例也增加了，這不是個好現象。”

他不提，馬力真的忘了此事，可是該怎麼完成？

行空想了想，答：“還得開會做決定。”

第16章・麥田怪圈

所有人都到地下圖書館報到，並且在長桌前坐下。

"我正想找個機會和大家談談，既然行空提起，擇日不如撞日，就今晚了。我們都腦力激盪一下，看看如何完成地心人的囑託。"方臉大叔說。

大家你看我，我看你，無人發表意見。

"咳、咳、"方臉大叔咳嗽兩聲，"既然這樣，那我先說兩句。"

"我認為還是由地球人先發言，畢竟這是他的地盤。"叮叮說。

話一甫歇，十隻眼睛齊刷刷對準馬力。

“我⋯⋯我⋯⋯”馬力沒想到自己會被點名到，一時不知該說什麼好。

當咯咯咯的笑聲傳來，馬力的不安轉為憤怒，叮叮是故意讓他下不了台，他偏偏不想遂了她的意。

“我建議利用輿論的力量迫使各國政府放棄地下核試驗，不，放棄所有的核武器。”他答。

“輿論的力量。”方臉大叔轉身在白板上寫下這五個字，同時打上問號，“要如何利用輿論的力量？”

馬力只想到辦法，至於如何執行⋯⋯他的腦筋還沒轉得這麼快。

“何不邀請地心人現身說法？”咚咚發言。

“那可不成，”悲傷阿姨立刻打回票，“據說地球人還不知有地心人的存在，如果此刻讓他們現身，只會引來騷動，未必是好事。”

馬力心想何止地心人？一旦有人發現馬爾星人早已在地球上生活了一年多，人潮會立刻湧入這個鳥不生蛋的地方，然後像觀賞魚缸裏的魚一樣，對外星人品頭論足起來。

當葛家人七嘴八舌地討論，白板上也寫滿了各種辦法時，馬力的腦子正運轉個不停。

"地球人，你悶不吭聲很久了，何不發表一下高見？"

馬力愣了一下才意識到自己又被點名了。

"我……麥田怪圈。"

"麥田怪圈？"方臉大叔轉身在白板上寫下這四個字，同時打上問號，"要如何利用麥田怪圈？等等，什麼是麥田怪圈？"

馬力解釋麥田怪圈是在麥田上通過某種神秘的力量把農作物壓平，所產生的幾何圖案。三十幾年來，科學界對怪圈的形成一直存在爭議，有人認為那是外星人所為。

"不是馬爾星人幹的。"悲傷阿姨首先澄清。

"馬力沒說是馬爾星人幹的，"方臉大叔持平地說，然後轉向馬力，"這跟今晚討論的主題有關嗎？"

“有。我們可以在附近的麥田上人為製造出怪圈，通過圖案把訴求表達出來。”

馬力一說完，葛家人同時發出“嗯～”的聲音，似乎在思考什麼。

“如果你們認為不可行，那就......”

馬力話還沒說完，被方臉大叔截了去，他要大家都腦力激盪一下，看壓出什麼圖案最能表達訴求。

為了這個議題，他們又討論了許久，直到白板上終於繪出大家都認可的圖案為止。

第17章・頭號粉絲

隔天，休息時間一到，四個孩子立即衝出教堂外。

"哇！麥田怪圈。"叮叮衝口而出。

"跟我們討論出來的圖案一模一樣耶！"咚咚說。

"我爸和我媽的動作真快。"行空說。

"還加上了我建議的符號，實在太好了。"馬力說。

昨天他們給出了無數個圖案，最後採用行空所提議的裂變鍊式反應圖形（當一個中子引鈾核裂變時，同時會釋放出$2 \sim 3$個中子，如果這些中子再引起其他鈾核裂變，就可使裂變反應不斷地進行下去）。 由於圖案有點兒像金字塔造型，為了不被誤會，馬力建議再加上地球通用的禁止符號，也就是一個圓形外加一條直徑。

如今看到眾人耗盡腦汁所得來的圖案大功告成，四個孩子不禁手舞足蹈起來。

聽到歡呼聲，巫老師走了出來，問："孩子們，你們在高興什麼？"

叮叮一馬當先把前因後果都交待了。

"原來如此，希望有人能及早發現這個麥田怪圈。"巫老師答。

可惜半個月過去了，依然無人發現有這麼一個怪圈，葛家人和馬力不得不坐下來召開會議。

"怎麼辦？好像無消無息。"叮叮說。

"也難怪，這方圓百里內的人家都搬走了，也只有郵差偶爾會上山來。"行空答。

"郵差？"馬力靈光乍現，"何不讓郵差發現？他一發現，馬上所有人都知道了。"

大家都認為馬力的建議很好，紛紛笑顏逐開，除了悲傷阿姨。

"半個月都過去了，要發現早發現了。我猜這位郵差要不是重度近視，就是少了一根筋。"她說。

郵差沒戴眼鏡，馬力認為他患重度近視的機率微乎其微，至於是不是少一根筋？馬力有不同的見解。

"這附近山巒起伏，除非站在制高點俯瞰，否則根本瞧不出山谷處的麥田有任何變化。"他說。

"制高點？"方臉大叔喃喃道，"好，明天一早我就去找找。"

馬力要他別麻煩了，教堂後院便是。

其他三個孩子紛紛表示贊同，因為當怪圈完成的第一天，他們站在教堂後院把圖看得一清二楚。

"那好，把郵差帶到那裏去。"悲傷阿姨說。

"不行，得有個名目才行，否則很奇怪。"馬力首先反對。

"這何難之有？"咚咚老神在在，"給巫老師寄封掛號信得了。當郵差將信送到，並且獲知收信人正在教堂後院時，他

肯定會走過去完成任務，如此一來不就
發現怪圈了？”

大家都非常滿意這樣的安排，除了馬力
（這豈不是替郵差和巫老師製造見面機
會？馬力一百個不願意）。

“誰來寫這封信？”方臉大叔問大家。

叮叮提名馬力。

“為什麼是我？”馬力問。

“因為你是巫老師的頭號粉絲。”咚咚搶
答。

第18章 • 寫信

咚咚說馬力是巫老師的頭號粉絲，這不全對，但至於是什麼？他也說不上來，只知道她高興，他也跟著高興；她傷心，他也跟著傷心。

如今，寫信給老師的工作不期而至地落在馬力頭上，他亦喜亦憂。喜的是他終於能正大光明地寫信給女神；憂的是望著信紙，他的腦袋裏卻一片空白。

"你想出來該寫什麼給老師了嗎？"行空上床前問馬力。

"還沒，正傷腦筋呢！"

"何不寫祝她天天開心？"

"這不好，沒什麼新意。"

“那麼畫張畫吧！”

行空的建議讓馬力眼前一亮，對，畫畫簡單多了。他二話不說，立刻找來畫筆。

等畫作一完成，馬力失望透了，因為怎麼看怎麼不對勁，很像兒子獻花給母親。

他憤而將畫紙揉成一團扔進字紙簍裏。

這次小男生被馬力畫成一個身穿白色燕尾服的清秀男人，果然畫面協調多了。

“嘻！這是長大後的我。巫老師，妳一定要等我長大喔！”馬力心想，心底冒出無數個幸福的小泡泡。

畫好的畫被裝進白色信封內，馬力工工整整地寫下教堂地址，至於寄信人的地址，他考慮再三，最後寫下：黃瓜區金絲路**66**巷**6**號（這是他以前和爸媽居住的地方，如果巫老師有心查找，一定會發現信是他寄的，如此一來便能明白他的心意）。

完成這件對馬力深具意義的事後，他心滿意足地上床，然後微笑著走入夢鄉。

第19章•羊駝大戰母雞

半夜，馬力被咕咕咕的叫聲給吵醒了。

"搞什麼？還讓人睡覺不？" 馬力抱怨，然後翻了個身。

此時咕咕叫的聲音依舊持續著，不同的是馬力終於能分辨其中的差異。

"莫非白雪有兩副嗓子？" 馬力邊想邊從上舖下來。

當他看到下舖空無一人時，不禁好奇行空上哪兒去了？

答案在掀開窗簾後揭曉。

今晚的月色皎潔（這有利觀察），馬力因此看到在木柵欄間跳上跳下的兩個影子，沒錯，兩個。

"行空竟然夢遊到屋外去，還化身成為一隻雞。嘻！我非得錄下來不可，否則口說無憑。"馬力心想。

就在錄像的過程中，他依稀聞到熟悉的臭味，而且越來越濃烈，莫非已到了農曆十五？

當真的看到那個白色的影子時，馬力有"久別重逢"的喜悅，可是這種幸福感並沒有維持很久，因為原本應該瞄準橡樹信箱的羊駝瀆職了，非但沒有送出金銀珠寶，反而攻擊白雪；白雪也不是省油的燈，不僅躲過數發口水彈，還啄了對方好幾下。

馬力看呆了，除了突來的變化讓他手足無措外，一旁跳上跳下忙著助威的"雞"也讓他同感震驚。

隔天，行空果然對夢遊一事毫無印象，於是馬力把錄像調出來給他看（當然不包括後來發生的大戰及助威活動）。

"天哪！我真的成了一隻雞，實在太丟臉了！"

看室友急得快哭出來，馬力立刻將錄像刪除。

"你真是我的好兄弟！"行空感激地說。

"沒事，不過⋯⋯"

"你說，我絕對知無不言，言無不盡。"

馬力的疑問是為什麼行空的夢遊症在出任務時一次也沒發作？

行空推一推他的黑框眼鏡，遺憾地表示這個他回答不了，也許旅程中過度勞累，他一直處於深眠狀態，所以⋯⋯

"也就是說淺眠讓你夢遊了？"馬力問。

"或許吧！事實上我並不關心，因為夢遊對我而言不構成困擾。"

馬力心想他的確沒困擾，有困擾的是與他同住的人，時刻得擔心他是不是又夢遊去了？有沒有做出危險動作？這簡直是惡夢一場！

吃完早餐，四個孩子上學去。下車前，馬力沒忘了把信交給方臉大叔，同時問什麼時候會寄到？

"兩三天？三四天？還真不清楚。"方臉大叔答。

馬力心想還好今天是看不到郵差了，他討厭那個人，雖然那人的樣子看起來不具備攻擊性。

第20章·克丘亞語

"孩子們，今天又是朝氣蓬勃的一天，你們想先上什麼課？"

巫老師一說完，馬力問："能教教我們亞馬遜雨林所使用的土著語嗎？"

"你真的給我出了個大難題，"巫老師面有難色，"亞馬遜雨林少說也有數十個原始部落，他們與外界幾乎沒有聯繫，部落間也少有接觸。換言之，土著語不下數十種，我實在無法教你們。"

行空不苟同，他說明明已有土著到大城市生活，並且把城市文明帶回到部落，應該有互通的語言才是。

巫老師解釋不排除有地理位置接近城市的某些部落已經和外界有了交集，但雨林深處依舊與世隔絕，有些甚至没有過渡到農耕社會，至今仍過著原始的捕魚及打獵生活。

“那怎麼辦？到了亞馬遜雨林，我們豈不是成了啞巴和聾子？”馬力擔心地問。

“這個不難解決，再不濟也能使用肢體語言。”巫老師停頓了一下，“其實很少有人直接就闖進雨林，通常得事先做好準備，同時打上預防針，因為雨林裏的蚊子可兇了，染上瘧疾的機率很高。”

馬力問這是什麼意思？

“我的意思是你父母不會冒冒失失闖入，肯定是先經第三國再深入雨林。眾所周知，雨林最吸引人的傳說便是黃金國，即曾經的印加帝國附庸國。這樣推算下來，我認為第三國是秘魯的可能性極大，因為印加帝國的首都就在如今的秘魯城市庫斯科。”

“所以我們先到秘魯再深入雨林，走一遍我父母曾走過的路線？”

“這是個不錯的點子，不是嗎？也許從中還能獲得許多有用的信息。”

叮叮恍然大悟：" 原來繞來繞去，最後
還得學西班牙語。"

巫老師告訴她，如果不想學秘魯的官方
語言—西班牙語，還可以學印第安原住
民所使用的克丘亞語，它同時也是印加
帝國的語言。

此話一出，四個孩子紛紛表示想學克丘
亞語。

" 好的，没問題。" 巫老師笑瞇瞇地答。

第21章・神秘的羊駝

巫老師介紹克丘亞語起源於秘魯的卡拉爾地區，後來成為印加帝國的官方語言。西班牙入侵南美洲後，天主教教會利用克丘亞語傳教，使得該語言使用的地區超出了原來印加帝國的範圍，目前通行的國家包括阿根廷、巴西、玻利維亞、智利、哥倫比亞、厄瓜多爾、秘魯等。

知道克丘亞語能在那麼多國家通行，馬力鬆了一口氣，因為學習一種語言必須投入大量的時間和精力，如果使用的地區過於狹小，未免太不划算。

然而學了一個禮拜的克丘亞語後，馬力還是覺得不划算，因為塞音和鼻音太多，讓他苦不堪言。不過一件事有兩個面，通過語言學習，他還是了解到不少當地文化，同時知道可口可樂Coca 源自克丘亞語的kuka （古柯，一種可提神的葉子），而德國的運動品牌Puma是克丘亞語中的"美洲獅"。另外，《名偵探柯南》上出現過的酒名 Pisqu也是克丘亞語，意思是"鳥"。

"四這個數字唸tawa，對於印第安原住民而言，它是個吉利數字。"巫老師說。

馬力感到好新奇，在中國，四是一個不祥的數字，有些建築甚至沒有四樓。

"接下來我將介紹南美洲安第斯山脈的特有哺乳動物。"巫老師打開投影機，放上一張照片，"這是羊駝，唸成paqu。它的性情溫馴，被廣泛用作馱役工具，同時全身上下都是寶，肉可食，毛能織成高級織物，皮還能製成皮衣。"

馬力想起每當月圓時都會叼來金銀珠寶的羊駝，顯然，這裏不是安第斯山脈，那麼它又是從何而來？難道有人圈養了它？

"老師，羊駝吃什麼？"叮叮問。

“羊駝算是不挑食的草食性動物，生玉米、青草、樹葉、秸稈、花生……等，什麼都吃。”

馬力接著問它可有什麼特殊習慣？譬如尋找金銀珠寶，然後送給經濟上有困難的人家。

此話一出，八隻眼睛齊刷刷對準馬力，那種氣氛很詭異，彷彿當他是怪物。

“我……我也就這麼一問，不想答可以不答。”馬力囁嚅地說。

沒想到巫老師真的就不答了，開始講起印第安男人的成年禮，雖然內容挺新鮮有趣，但馬力心中不免鬱鬱，因為被忽略的感覺挺不好受的。

第22章·掛號信寄到

今天的午餐依舊是悲傷阿姨準備的三明治，巫老師也依舊和馬力交換著吃。能夠吃到女神精心準備的盒飯，馬力感到好幸福。

"今天陽光明媚，我們應該到室外野餐。"巫老師不無遺憾地說。

其實孩子們也想，但"掛號信"還未寄到，他們可不願錯過機會。

還好開飯後沒多久，叮叮的火眼金睛便發現異樣，她用她的大眼睛分別向咚咚、行空和馬力傳遞信息。

"老師，我突然想到外面野餐。"咚咚說。

其他三個孩子立即響應。

"可是午餐吃到一半，這……"

看巫老師猶豫，馬力立即表示由他負責把野餐墊收起再移到室外。

"對，馬力力氣大，讓他做，我們先到外面等。"叮叮說完，拉起巫老師走向後院，咚咚和行空緊隨其後。

馬力一收起地上的野餐墊，討厭的聲音便響起。

"巫咘咘的掛號信。"郵差在教堂外喊著。

馬力把野餐墊夾在腋下，慢吞吞地走過去開門。

"巫咘咘的掛號信。"穿著白色羽絨服的郵差又說。

"你已經說過了。"馬力冷冷地答。

"她在嗎？"

"在。"馬力認出郵差手中的信，上面有自己的工整字跡，"進來吧！巫老師在後院。"

郵差邊用手拭汗邊進到教堂內，馬力這才留意到他那原本蒼白的臉龐因出汗而紅潤起來，顯得更加帥氣。

" 這山上的天氣真熱，害我大汗淋漓的。" 郵差說。

" 老天爺想刮風就刮風，想下雨就下雨，除非有超能力，否則誰也改變不了。"

" 超能力？"

" 呃……你就當我開玩笑吧！" 馬力乾笑兩聲，" 對了，巫老師已經上了一上午的課，累得很，所以請別和她說太多話。"

" 放心，我還有好多信要送，没時間說話。"

" 太好了，我帶你過去。" 馬力開心地說。

第23章•少一根筋的郵差

“巫咘咘的掛號信。”

聽到聲音，巫老師轉過身來，當看到“那個人”時，她的眼睛裏有星星。

“這是妳的信件，請簽收。”郵差說完，遞上一支筆。

巫老師簽完名，目光落在信封上，喃喃道：“這寄信人的地址好奇怪呀！竟然是黃瓜區金絲路。”

郵差的嘴角浮現一抹神秘的微笑。

“你笑什麼？”巫老師問。

“我也住在黃瓜區金絲路，這沒什麼好奇怪的。”

“真的？”

郵差答當然是真的，他已經在那裏住了有大半年，房東是一對喜歡吃咖喱的老夫婦，只要一彎進66巷就能聞到濃濃的咖喱味。

“你住66巷？”

“嗯！我住6號，房東住18號，中間雖然隔著幾戶人家，但那刺鼻的味道依舊穿牆而入。”

馬力大呼不妙！原來父母失踪後，他進了福利院，房子當然不續租了，沒想到陰錯陽差被郵差給租下，更糟糕的是信件的寄信人地址被馬力填上自己的舊址，這下子豈不是張冠李戴了？

“咳、咳、”馬力故意咳嗽兩聲，“郵差好像還有好多信要送。”

那男人大夢初醒，答：“是的，既然信已送到，我走了。”

結果巫老師喚住他，問他吃了沒？

“我帶了三明治，待會兒路上吃。”

“你喜歡吃三明治？”

「最主要是製作方便且容易攜帶，孤家寡人的，一切從簡。」

看到郵差轉身，馬力才想起重要的事。

「哇！好美的麥田啊！」馬力大喊一聲。

也不知郵差是不是突然耳背，反正他沒停下腳步，咚咚不得不追了上去。

「白馬王子，你何不欣賞一下這裏的美麗風景再走？」

「我趕著送信呢！等等，白馬王子？」

「嘻！你不是穿白衣服又騎白色自行車？看起來真的很像白馬王子耶！」

郵差說咚咚真愛說笑。

「不想當白馬王子，當黑馬王子也行。」叮叮迎上前去，「王子殿下，看一下風景要不了兩分鐘，不會耽誤你送信。」

「妳們……」郵差分別看著叮叮和咚咚，樣子很錯愕，「妳們是雙胞胎？」

馬力心想還真被悲傷阿姨給料中，這郵差真的少一根筋。

「是不是雙胞胎不重要。」馬力把郵差拉到最佳觀景處，底下的麥田看得一清二楚，「瞧！是不是很美？」

郵差彷彿被點了穴道，半天沒動靜，馬力問他怎麼了？

"這是第一次我看到這麼美的景色，簡直不像人間，謝謝你們的善心。"郵差答。

"還有呢？你難道沒發現可疑之處？"

"聽你這麼一提，我還真發現了。原來山上的天氣和山下不同，這裏春和景明，山下卻依然天寒地凍。"

放走郵差，四個孩子的心情跌落至谷底。反觀巫老師，她雖然也沉默下來，卻是一副被帶走靈魂的模樣。

馬力有了不祥的預感，也許巫老師真的被奶油小生給迷住了。哎！這個宇宙無敵的傻女人。

第24章・聖母流淚

由於郵差少了一根筋，他們的計劃宣告失敗，不得不另想辦法。

"要不，我們讓更多人看到，總不致於每個人都像郵差一樣眼盲吧？！"叮叮提議。

"這方圓百里的人家都搬走了，到哪裏找人？"咚咚問。

此時機器人葛巫走了過來，問有什麼需要幫忙的地方？

馬力很想要一杯水喝，但悲傷阿姨已經將葛巫支走。

"既然沒人來，我們只好讓他們主動上門。"行空接下談話的棒子。

此話一出，十隻眼睛齊刷刷對準這個戴眼鏡的男孩。

"我的意思是製造一個誘因。"他附加說明。

"誘因？"方臉大叔轉身在白板上寫下這兩個字，同時打上問號，"要如何製造？"

當葛家人七嘴八舌地討論，白板上也寫滿了各種辦法時，馬力的腦子正運轉個不停。

"地球人，你悶不吭聲很久了，何不發表一下高見？"

馬力愣了一下才意識到自己被點名了。

"我認為最好的辦法就是讓聖母流淚。"他答。

"什麼是聖母？"悲傷阿姨問。

馬力解釋教堂內的那幾尊女性雕像便是聖母。

"原來如此，"叮叮恍然大悟，"聖母是做什麼的？"

馬力感到很不可思議，問他們是否真的不知道聖母？

五個腦袋瓜同時左右搖擺。

為了介紹聖母瑪利亞，馬力不得不介紹耶穌；為了介紹耶穌，他又不得不介紹宗教。

"你的意思是聖母和耶穌都有超能力？"行空推一推他的黑框眼鏡，"那麼這對母子肯定是外星人。"

換作從前，馬力鐵定會嗤之以鼻，但自從認識馬爾星人後，他的底氣沒了。

"或許吧！但這不是今晚討論的重點，重點是如果聖母流淚了，代表神蹟降臨，信徒便會蜂擁而至。只要當中有一人發現麥田怪圈，我們的目的就算達到了。"

馬力一說完，葛家人同時發出"嗯～"的聲音，似乎在思考什麼。

"如果你們認為不可行，那就……"

馬力話還沒說完，被方臉大叔截了去，他要大家都腦力激盪一下，看如何讓聖母流淚。

"不用麻煩了，我自有辦法。"行空信心十足地答。

第25章・聖母顯靈了

"孩子們，今天又是朝氣蓬勃的一天，你們想先上什麼課？"

巫老師一說完，馬力開口："能講講奇普嗎？我們現在所學的克丘亞文並不是印加帝國所使用的文字，奇普才是。"

"看來你已經事先做了功課，何不分享你所蒐集到的資料？"

馬力沒想到巫老師會讓他當小老師，他也不扭捏，直接開講。

"奇普是古代印加人的一種結繩記事方法，利用棉線、駱駝毛或羊駝毛在一根棍棒上打結，藉以計數或記錄歷史。雖然中國古代也曾利用繩子來記事，但和大多數的早期文明一樣，後來過渡到象形文字或圖像，然而印加帝國卻止步於奇普。帝國後來被西班牙推翻，現在通行的克丘亞文便是利用西班牙帶來的拉丁字所創建的。"

"說得太好了，"巫老師鼓掌，"我不知道自己還能補充什麼？"

"可是我依然無法根據繩結來判斷印加人想表達什麼。"馬力說。

巫老師回答若想解開奇普的秘密，恐怕還需要好長一段時間，因為現在尚處於摸索階段，舉凡繩索的大小、長度、顏色、結數、旋轉的方向與次數、年代、副繩的數量……等等，都得逐一分析與研究，不過數字倒不難判斷，她現在就能教。

在巫老師的手把手指導下，四個孩子都能打出奇普數字結，原理很簡單，譬如：8字結代表1，單結代表十位數以上的個數。舉個例子，假設一根繩子從上到下依序是4個單結串，5個單結串，末端是3個8字結，這代表數字453。至於0的表達方式便是不打結，直接在結和結的中間留出一個空段便是。

孩子們覺得有趣極了，他們甚至進行比賽，看誰打得快又準。

就在歡樂聲中，一個出乎意料的聲音響起。

「巫咘咘的掛號信。」

聽到熟悉的聲音，巫老師衝到教堂門口，速度之快宛如子彈在飛。

「嘻！白馬王子又來了。」咚咚說。

馬力心想這郵差來得可真勤……不，應該說巫老師為了見上郵差一面，頻頻寫信給自己，這也太藏不住心裏事了！

「天哪！聖母竟然流淚了。」

聽郵差這麼一喊，孩子們立即衝過去。果不其然，教堂入口處左側的聖母雕像真的淚眼汪汪，不僅如此，空氣中還散發出玫瑰的香氣。

「這尊聖母也流淚了。」叮叮跑向另一端，像發現新大陸似地嚷嚷起來。

當咚咚喊出最大一尊的聖母雕像也哭了時，馬力望向行空，問：「你施了什麼魔法？」

「噓～回去再告訴你。」行空神秘地答。

第26章·看海

晚上吃燒烤，馬力雖喜歡，但一個禮拜吃四回，似乎太過了。

"聽說今天聖母流淚了。"方臉大叔邊啃豬排邊說，兩隻手油膩膩的。

"嗯！三尊聖母全落淚了，害教堂淹大水。"叮叮答。

"真的？"悲傷阿姨睜大眼睛問，嘴裏的烤腸差點兒掉了出來。

"没錯，我們不得不跳到桌上上課。"咚咚接著說。

方臉大叔顯然不相信姐妹倆所言，他問馬力這可是實情？

馬力不好說破，把問題扔給行空，他倒好，直接打臉兩個姐姐。

「原來只是淚眼汪汪。」悲傷阿姨鬆了一口氣，「等等，聖母為什麼會掉眼淚？」

這也是馬力的疑問。

行空推一推他的黑框眼鏡，答：「我把透明蠟塗抹在聖母的眼睛上，當溫度升高，蠟熔化了，很自然便以液體的形態掉落下來，看起來很像流淚。不過這禁不起細敲，因為它是幾種高級烷烴的混合物，完全不含淚水的成份。」

「那麼玫瑰的味道又是打哪兒來的？」馬力問。

「帶香味的蠟很容易購得，這非難事。」

馬力再一次被行空的睿智所折服，他怎能如此聰明？

「難怪巫老師一整天都精神亢奮，原來是香氛的功勞。」叮叮說。

馬力也希望巫老師是因為聞到氣味才精神亢奮，而非……看到郵差。

「希望有人能及早發現聖母流淚了。」說完，方臉大叔開始吃烤魚。

“已經有人發現了，”行空又推一推他的黑框眼鏡，“是郵差。”

悲傷阿姨很驚訝郵差這次沒少一根筋。

這也是馬力不明白之處，郵差不僅第一時間發現，還很激動，只差跟著落淚。

“不管怎樣，該做的事都已經做了，現在只能靜待事情發展。”方臉大叔轉頭面向馬力，“明天起有五天長假，以前曾答應帶你去看海，這次終於能成行。”

馬力感動不已，他不過是隨口一提，沒想到方臉大叔真的記在心裏了，不過……

“馬爾星人也過聖誕節嗎？”馬力問。

“什麼聖誕節？我們沒那個節日。”叮叮說。

方臉大叔緊接著解釋五天假期是為了紀念馬爾星上的勇士，他們曾為了捍衛星球而和外來物種激戰五日，最後大獲全勝。

馬力在心中笑自己傻，這家人連聖母、耶穌都不認識，怎麼可能過聖誕節？

“你們的勇士真勇猛，我很高興能在這個值得紀念的日子裏與你們一同去看大海。”馬力答。

第27章·海螺

方臉大叔說最近的海要翻山越嶺才能抵達，這正好，可以順便欣賞沿途風光。

身邊的魚兒在游，

我們的車子也在游。

嘿呦嘿呀嘿呦嘿！

做好準備就出發，

齊心協力你我他。

嘿呦嘿呀嘿呦嘿！

完成任務很重要，

六個人的旅程真奇妙。

嘿呦嘿呀嘿呦嘿！

一路上，他們歡快地唱著歌，心情好不愉快，當看到大海時已是第二天下午。

“馬力，這就是你想看的大海。”方臉大叔說。

“是的。”馬力貪婪地享受著眼前的一切，“上一次看海還是三年前，我記得當時撿到了一個大海螺，父親說把海螺放在耳邊可以聽到海的聲音，這是真的，我真的聽到了。”

“那是共振現象。”行空推一推他的黑框眼鏡，“海螺開口小，內部充滿空氣，所以極易與外界產生共振，形成所謂大海的聲音。”

雖然行空的聰明才智常讓馬力望塵莫及，但這一次他寧願行空不解釋，因為一旦明白其中原理，所有的美麗幻想也跟著灰飛煙滅。

“那個海螺呢？”叮叮問。

“在家裏。”馬力答。

“回去後讓我瞧瞧。”

馬力所謂的"家"指的不是現在的住所，
而是他和父母的家，也就是黃瓜區金絲
路66巷6號。

這麼一提，馬力突然很想要回他的海螺
，當時走得匆忙，忘了帶上。

"不知郵差有沒有把它給扔了。"馬力發
起愁來。

第28章・超能力

他們花了兩天的時間來到海邊，想當然爾，回去也是兩天。換言之，五天的假期削頭去尾的，最後只剩一天能待在海邊。

"如果我們還在¥#%@星上就好了，想看海就看海，不用這麼折騰。"行空不無遺憾地說。

¥#%@星就是馬爾星。

馬力記起方臉大叔曾描述過的馬爾星，那是一個非常小的星球，大概步行半天就能全部走完，但實際面積卻比地球還大，原因在於平行空間。只要願意，任何居住在馬爾星上的人都可以隨時走入不同的次元……

「我相信我父親一定會幫你們找到另一個馬爾星。」馬力說。

本來馬力並不太相信自己的父親是個頗富盛名的天文學家（或者後來的星象學家），但漸漸的也接受了。如今這麼衝口而出，除了表明態度外，最主要還是替自己和葛家人打氣，只要有希望在，就會有奇蹟出現，不是嗎？

「速度還得加快一點兒，不然我們的血液就要變成可怕的紅色了。」叮叮說。

「什麼意思？」

「就是我們會漸漸變成地球人的意思。」咚咚代答。

馬力從沒想過這個可能性，但……變成地球人不好嗎？

葛家人齊搖頭，這讓馬力很氣餒，他原以為地球還不壞，沒想到會被嫌棄。

「馬力，你別多想哈！不是地球不好，而是我們已經適應了馬爾星，好比別人的家再舒適也沒自己的狗窩好，你說是吧？」

聽完方臉大叔的解釋，馬力釋懷了，而接下來悲傷阿姨的話就更讓人放心。

“其實綠色血轉變成為紅色血的過程相當漫長，至少短期內不會，所以大家都不用過度擔心。”她說。

馬力心想還好短期內他們不會變成地球人，不然尋找父母的工作恐怕要難上加難，畢竟馬爾星人身上所具備的超能力還是挺助力的。

第29章·紅蘿蔔三明治

他們夜裏才到家，稍微梳洗一下便各自上床。誠如行空所言，只要白天勞累，他會進入深眠狀態，半夜就不容易夢遊。

聽著下舖傳來的打鼾聲，馬力很確信今晚自己也能睡個好覺，即使屋外的咕咕聲依舊。

隔天吃完早餐，悲傷阿姨給每個孩子一個袋子，馬力感覺自己的袋子輕悠悠的。

"抱歉，孩子們。"悲傷阿姨看起來更加悲傷，"羊駝這個月沒送金銀珠寶來，我以為路上耽擱了，所以昨晚和今晨又檢查了一遍，結果還是沒有。為了長遠計，從現在起大家都得勒緊褲帶過活，直到羊駝恢復正常為止。」

這段話的信息量很大，馬力歸納如下：

1、悲傷阿姨不知道羊駝和白雪不和，兩人……不，兩隻動物大打出手，敗下陣來的羊駝後來夾著尾巴跑了，忘了接濟這家人。

2、葛家人是月光族（每月把錢花光光）。

3、羊駝送金銀珠寶來被視為正常，再次證明這隻羊駝非一般，可能還是隻"假"羊駝，試問這世上有哪隻羊駝會做出這麼出格的事？

"媽，妳該不會中午讓我吃黃瓜三明治吧？！我討厭黃瓜。"叮叮撅起嘴巴說。

"不，今天是紅蘿蔔三明治，明天才是黃瓜三明治。"悲傷阿姨答。

"天哪！我最討厭紅蘿蔔。"咚咚說。

悲傷阿姨一副無可奈何的表情。

馬力轉看行空，問他為什麼不抱怨？

"抱怨有用的話，我也會抱怨兩句，問題是沒用，我又何必浪費口舌。"他答。

馬力心想這個瘦小的男孩不僅智商高，情商也高，讓他再次佩服得五體投地。

"希望巫老師會喜歡今天的紅蘿蔔三明治。"馬力祈禱著。

第30章·祈禱蠟燭

從西藏回來後，馬力和巫老師仍然交換午餐吃。那個甜美又善良的女子依舊能猜到馬力的心思，有時是黃燜雞米飯，有時是牛肉餅，又有時是炒烏冬，連鮫魚水餃也能吃得到。

"你運氣好，今天中午不用吃紅蘿蔔三明治。"上車後，行空對馬力說。

"只是難為巫老師了，不知她吃不吃得習慣？"馬力答。

下車後，當看到立在教堂門口等著迎接他們的巫老師時，馬力立即精神百倍，大踏步走上前去。

"這是什麼？"馬力問。

不知何故，教堂大門上竟然貼了一張大字報，上面寫著：上課中，請輕聲細語。

「噢！那是友情提示。」巫老師漫不經心地答。

懷著不解的心情，馬力進到教堂內。

「孩子們，五天的長假你們是怎麼度過的？」巫老師站在聖壇台前問。

四個孩子你一言我一語地爭相告知。

「看來你們有一個美好的假期。」

「老師，妳呢？」叮叮問。

「我？」巫老師突然臉紅，「我也有一個難忘的假期。」

咚咚說肯定是跟白馬王子約會去了。

馬力氣憤極了，問咚咚能不能別那麼花癡？

「我哪裏花癡了？巫老師又沒否認。」

聽咚咚這麼一答，馬力把目光投向巫老師，心中期待她會否認。

「沒有約會。」

當聽到這個回答，馬力放下心來，同時向咚咚投去勝利的眼神。

"孩子們，開場白說完了，你們想先上什麼課？"

巫老師一問完，咚咚搶先開口："能講講什麼是愛情嗎？"

"妳真的給我出了個大難題，"巫老師停頓了一會兒，"實話說，我對愛情一知半解，所以無法給出答案，不過最近我在讀泰戈爾的詩集，他的愛情詩很美，我們可以一起了解一下。"

馬力認為咚咚是故意這麼問的，但能不再提郵差畢竟是好事一件，就算聽聽無聊的詩句也無妨。

"不要不辭而別，我愛。我看望了一夜，現在我臉上睡意重重，只恐我在睡中把你丟失……我以數不清的方式愛你，我的癡心永遠為你編織歌之花環。親愛的，請接受我的奉獻……假如我今生無緣遇到你，就讓我永遠感到恨不相逢，讓我念念不忘……如果真是分離的時候，請賜予我最後一吻。往後我會在夢中吟唱著，追尋你遠方的踪影……"

．．．

馬力以為巫老師會解釋一下這些莫名其妙的句子，但她沒有，只是用柔美的聲音朗讀著，然後時不時感歎其中的意境。

"……你微微地笑著，不同我說什麼話，而我覺得，為了這個，我已等待很久，很久了。"

馬力以為朗讀會繼續，可是聲音戛然而止。他抬起頭來，看見巫老師的雙頰緋紅，目光鎖定某個點。

他轉過頭去，看到一個穿白色夾克的男人。

"對不起，打擾你們上課了。"郵差說，臉上笑意盈盈的，"我點完祈禱蠟燭就走。"

"沒關係，我們的課正好上完。"

馬力心想這簡直是睜眼說瞎話，什麼時候課上完了？但顯然巫老師就是這麼認

定的，同時很好意思地扔下學生，幫著
郵差把蠟燭點上。

"嘻！白馬王子又來了。"咚咚說。

馬力惡狠狠地瞪向她，但無言反駁，因
為郵差的確"又"來了，而且這次不是為
了公務（送信）而來，讓馬力很擔憂。

等三尊聖母像前都被點上白蠟燭後，郵
差走了。

"噢噢！白馬王子走了。"咚咚又說。

這次馬力選擇不看她，大花癡有什麼好
看的？

"孩子們，我們繼續上課……"

巫老師話還没說完，馬力頗為不滿地質
問郵差為什麼進來點蠟燭？

"他是虔誠的教徒，自從目睹聖母流淚
的神蹟後，他天天進來點蠟燭。"

馬力被"天天"兩個字給氣壞了，這代表
過去的五天裏，巫老師和郵差天天見面
。

"該來的人不來，不該來的人卻天天來
，天理何在？"馬力話一說完，教堂湧
進了人潮，讓他驚訝不已。

第31章·聖靈降臨

"不好意思，我們正在上課。"巫老師對人群說。

吵雜聲立刻降了分貝，取代的是極其細微的聲音，一舉手一投足都顯得小心翼翼。

"泰戈爾的詩就上到這裏，你們還想上什麼課？"巫老師問孩子們。

"能上克丘亞語嗎？"

馬力之所以這麼提議是料準了那些大爺大媽們不會對這麼晦澀難懂的語言感興趣，少了關注，他們上起課來才能輕鬆愉快。

"好的，沒問題。"巫老師笑眯眯地答。

語言課結束後，四個孩子尾隨巫老師來到廚房間。

"那些人是從哪裏冒出來的？"叮叮問。

"世界各地都有，我聽說還有人乘坐直升機過來。"巫老師邊泡茶邊答。

咚咚接著問為什麼？

"聖母流淚了唄！這代表聖靈降臨，所以他們過來見證神蹟，同時許願。"

原先的計劃是引進人潮，人一多，發現麥田怪圈的機率就大大提高了。

"有人發現麥田怪圈嗎？"馬力問。

"大概沒有，信徒通常許完願就走。"

馬力說這不行，得引導他們走到後院才成。

巫老師喝了一口茶水後，答："知道了。"

第32章 · 正中下懷

上完馬力最討厭的數學課，時針剛好指向12。

"今天陽光明媚，我們到外面野餐吧！"巫老師提議。

大家無異議。

她接著要馬力到廚房間取盒飯，放進微波爐內加熱三分鐘即可。

"好咧！"馬力開心地答。

等馬力回到後院，巫老師正吃著原本屬於他的三明治，一副味同嚼蠟的表情。

"怎麼站著？快坐下來吃。"巫老師對他說。

馬力坐了下來，邊吃邊納悶，因為巫老師準備的不是他想吃的叉燒飯。

過去，巫老師總能次次猜中馬力想吃什麼，彷彿有心電感應似的，可是這次卻失靈了。

“今天的三明治裏怎麼只有紅蘿蔔？”巫老師邊吃邊問。

“因為……”叮叮分別看了咚咚和行空一眼，“因為羊駝沒送金銀珠寶來。”

巫老師停下咀嚼的動作，似乎很震驚，

“媽媽已經檢查過了，不會有錯的。”咚咚進一步證實。

“也……也許下個月會有。”

行空答最好有，不然他們全家都要挨餓了，包括馬力。

由於提到馬力，巫老師把注意力投向他，問：“你怎麼好像沒什麼胃口？”

“我不喜歡吃苦瓜，也不喜歡吃青椒。”

巫老師又停下咀嚼的動作，似乎很迷惑。

“我知道自己不喜歡什麼。”他再次強調。

"也……也許這樣的事不會再發生。"

馬力心想最好別再發生，一天之中他最期待巫老師準備的午餐，如果連這個願望也落空，簡直是場災難！

"哇！好美呀！"一個胖女人喊著。

她是第一個走進後院的外人，原因大概是巫老師在大字報上又添加了幾個字：教堂後院開放，歡迎參觀。

馬力不喜歡這個胖女人，剛才上數學課時，她最吵，完全不考慮有學生正在上課。不過此刻馬力倒挺喜歡她的，因為她高亢的聲音成功引來其他信徒，一個、兩個、三個……大家紛紛對著重重山巒發出讚歎聲。

"那是什麼？天哪！麥田怪圈，我非得拍照下來發到群裏不可。"一個禿頂的男人興奮地說道。。

坐在野餐墊上的一大四小此時發出會心的微笑，他們等的就是這一刻，耶！

第33章·共進午餐

接下來的幾天，來教堂的人增多了，但似乎沒有激起太大的水花，這讓人挺氣餒的，不知是哪個環節出了問題。

臨近中午，一個討厭的聲音又響起。

"巫咘咘的掛號信。"

看巫老師扔下學生走向郵差，馬力沒好氣地說："早上已經來過一次，他就不能趁送信的時候順便點蠟燭？簡直耽誤我們學習。"

"哈！你嫉妒了。"咚咚搗著嘴笑。

"哪有？"馬力惱羞成怒，"我是就事論事。"

更讓馬力氣憤的事還在後頭，不一會兒，巫老師竟然領著郵差來到孩子們面前，同時宣佈：「午餐時間已經到了，今天多一個人和我們共進午餐。」

馬力認為這是睜眼說瞎話，什麼時候午餐時間到了？明明還有十多分鐘。

「老師，我們的野餐墊不夠大。」馬力故意說。

「放心，我還有一個備用的。」巫老師笑瞇瞇地答。

結果巫老師、郵差、叮叮、咚咚坐在原來的野餐墊上，行空和馬力則被派去使用備用的那一個。

「這不公平！」馬力氣壞了。

行空推一推他的黑框眼鏡，答：「別生氣，這沒什麼大不了的，郵差又不是天天和我們一起吃飯。」

沒想到一語成讖，有了第一次，就有第二次；有了第二次，第三次也就順理成章了。

馬力的憤怒還不止此，現在巫老師幾乎完全猜不到他想吃什麼，連臭氣熏天的鹹魚也安排上，簡直讓人生無可戀！

這一天，大家剛坐下來用餐沒多久，郵差忽然問：「你們的三明治怎麼這麼簡單？」

悲傷阿姨準備"簡單"三明治已經不是一天兩天的事了，郵差卻直至今日才發現，坐實他天生就少一根筋。

巫老師解釋：「農曆十五過後，三明治應該會豐富起來。」

「為什麼要等到那時候？」郵差又問。

雖然隔著一丈遠，但隔壁說了什麼話，馬力全聽在耳裏。

「因為沒錢。」馬力給出答案。

郵差沉默了一會兒後，答：「既然這樣，以後就由我包辦你們的午餐，我反正要吃，不過是舉手之勞而已。」

馬力認為這簡直無恥到了極點，誰想吃他的臭三明治？而且這麼答代表他會"天天"過來與他們共進午餐，想起來就令人作噁。

然而持反對意見的卻只有馬力一人，其他四人皆很開心地接受郵差的好意。

「你們一定會後悔的。」馬力心想。

第34章·收買人心

悲傷阿姨聽說有人包辦午餐，鬆了一口氣，因為她最討厭做家事。

事情發展成這樣讓馬力頗感無奈，他思忖了半天，得出的結論是郵差之所以發善心，無非可憐他們，一旦這個家沒有經濟問題，他也就沒有藉口獻愛心了。

"看來掃除障礙的工作還得由我做起。"馬力喃喃道。

三天后，當茶几上的鬧鐘響起，所有人都做鳥獸散之時，馬力打開大門走向雞舍。

"今晚就委屈妳了，明天一早我再放妳出來。"馬力對白雪說。

這隻被關進籠子裏的雞氣壞了，在小小的空間裏橫衝直撞，咕咕咕的慘叫聲不絕於耳。

馬力狠心不理會，轉身進到屋內。

"白雪怎麼了？"行空問。

於是馬力把上個月發生的大戰一五一十地轉告了。

"原來如此，"行空推一推他的黑框眼鏡，"我得告訴所有人，否則今晚肯定有愛心人士前去解救白雪。"

隔天吃完早餐，悲傷阿姨給每個孩子一個袋子，馬力感覺自己的袋子沉甸甸的。

"孩子們，昨晚羊駝送了一個玉鐲子過來，所以這個月我們不需要再勒緊褲帶過活了。"悲傷阿姨的表情難得不悲傷。

沒想到叮叮、咚咚和行空卻唉聲嘆氣的，悲傷阿姨問原由，他們同時表示郵差準備的三明治很美味。

馬力大義凜然地說做人得有骨氣，不要盡想著佔人便宜。

“沒錯，是不應該利用別人的善心。”

有了方臉大叔的支持，那三個孩子不再言語。

“太好了，這下子郵差沒理由再收買人心了。”馬力心想。

第35章·馬去披去

郵差聽說不用包辦午餐，很自然地接受了。

"我……我很喜歡你的三明治。"巫老師說。

"那以後我就只準備我倆的午餐。"郵差答。

馬力對"我倆"二字很不滿，再說，巫老師若吃了郵差準備的三明治，那馬力的三明治咋辦？

針對馬力的疑問，巫老師要他把三明治給吃了，因為浪費糧食很不應該。

馬力沒想過會是這個結局，不僅沒趕走郵差，連帶自己最愛的午餐也沒了，真是賠了夫人又折兵。

吃完午餐，四個孩子開始做善後工作。

「嘻！白馬王子送禮物給巫老師。」咚咚
說。

馬力轉過頭去，氣得頭頂冒煙，那禮物
是他的，郵差竟然借花獻佛。

「你們在做什麼？」馬力上前質問。

「郵差說把海螺放在耳邊可以聽到風的
聲音。這是真的，我真的聽到了。」

「那是共振現象。」馬力照搬行空說過的
話，「海螺開口小，內部充滿空氣，所
以極易與外界產生共振，形成所謂風的
聲音。」

郵差倒不介意馬力破壞美麗的幻想，反
而稱讚他的聰明才智。

「少拍馬屁！」馬力一盆冷水澆下來，「
對了，海螺是你的嗎？」

「不是，我在家裏找到的，應該是以前
租客留下的。」

「噢！原來你是小偷。」

面對馬力的扣帽子，郵差很困窘。

巫老師適時伸出援手，說：" 沒那麼嚴重啦！如果前租客回來要，郵差肯定會歸還，是不是？"

郵差點頭如搗蒜。

" 那還來！" 馬力立刻伸出手。

" 為什麼？" 郵差和巫老師同時問。

馬力解釋他和父母原先就住在黃瓜區金絲路66巷6號，當時走得匆忙，東西沒帶全 。

眼前的男女露出迷惑且驚訝的表情。

馬力為了證明自己沒說謊，把舊居的屋內擺飾指了出來。

" 原來你真的住過那裏，太好了，我終於可以把鸚鵡還給你了。" 郵差興奮地說 。

馬力對鸚鵡完全沒印象。

" 難道不是你的？奇怪，我搬進去的第二天早上，它就停在窗口上，嘴裏重複著馬去披去。"

" 馬去披去？"

" 沒錯，明天我就把鸚鵡帶過來。" 郵差答 。

第36章·心碎的聲音

隔天中午，郵差果然帶著鸚鵡前來。

"Maqu-Piqu......Maqu-Piqu......Maqu-Piqu......" 這隻白綠相間的迷你型鸚鵡像復讀機一樣地重複著。

"什麼是馬去披去？"叮叮問。

這也是馬力百思不得其解的地方，他問行空怎麼想？

行空推一推他的黑框眼鏡，答："我不知道馬去披去是什麼意思，但我知道這隻可愛鸚鵡的學名叫Forpuscoelestis，主要分佈於秘魯。"

"秘魯？"馬力驚呼，"秘魯哪裏？"

"這就不清楚了。再說，鳥飛來飛去，很難固定在某個地方，好比眼前這隻，不也是千里迢迢飛過來的？"

行空的回答讓馬力眼前一亮，自己的父母肯定去過秘魯，並且鬼使神差地把鸚鵡送回家通風報信，目的是讓馬力去解救他們。

叮叮說馬力想多了，"馬去披去"可以代表任何東西，甚至是鳥的口頭禪，好比人類的"哇噻"或"我靠"。

"絕對不是，我有預感，這就是暗號。"馬力急得快哭出來，因為害怕好不容易出現的曙光會就此隱去。

巫老師要馬力別心急，事情一定會有水落石出的一天。

"Maqu-Piqu......Maqu-Piqu......Maqu-Piqu......"鸚鵡突然又重複說過的話，然後在眾人始料未及的情況下展翅高飛。

"怎麼飛走了？"說完，郵差急著去追。

可惜來不及了，鸚鵡在空中盤旋一會兒後，轉而飛向山谷。

就在大家感到惋惜時，郵差突然喊："看！麥田上有裂變鍊式反應圖形，旁邊還有個禁止符號，莫非有人想告訴大家放棄核武？”

巫老師和四個孩子面面相覷，這改變也太快了吧？！

郵差後來解釋自己生病前是一名物理老師。

“原來我倆都是老師。”巫老師微笑著說。

“誰說不是呢？”郵差抓抓頭，有點兒害臊的樣子。

“我倆”二字從女神的口中說出，指的還不是馬力，這讓馬力很受傷，但又能如何？畢竟他還是個未成年人（酒不能喝、車子不能開、婚還不能結），巫老師恐怕不會等他長大。

想至此，他的心彷彿被扔進絞肉機內，已經血肉模糊一片。

第37章•幫倒忙

時光飛逝，轉眼已過了清明時節，除了孩子們的學習有明顯進步外，巫老師和郵差的感情也日益增長，這可以從兩個人的互動中看出。

針對此"不良"現象，馬力也曾經想過各種使壞招數，但最後都打消了，原因是他不想讓巫老師傷心，愛一個人就是要她開心，不是嗎？

"哎呀！你怎麼有黑眼圈？昨晚是不是沒睡好？"巫老師關心地問郵差。

其實馬力也有黑眼圈，昨晚也沒睡好，可是巫老師卻看不出來。

"嗯！昨晚我熬夜寫了一篇文章發在社交網站上，包括Facebook、Line、新浪微

博⋯⋯等，所以今天精神欠佳。"郵差答
。

叮叮問他都寫了些什麼？

"我寫了麥田怪圈，還附上照片，同時
呼籲停止核武及核試驗。"

這下子終於不負地心人所託，只是從發
現麥田怪圈到現在，已過去兩個多月，
此時郵差才想起來要呼籲，再次證明他
的確少一根筋。

"你沒顯示位置吧？！"馬力不放心地一
問。

郵差答當然沒有，他住在黃瓜區金絲路
，怎麼可能會有麥田？所以他手動更改
為教堂。

"哪個教堂？"巫老師頗為震驚地問。

"當然是這個教堂，從後院望出去，麥
田怪圈看得一清二楚。"

話甫歇，他們同時聽到直升機螺旋槳轉
動的聲音，噠噠噠⋯⋯噠噠噠⋯⋯噠噠噠
⋯⋯

"完了！"馬力心想。

第38章·記者上門

自從聖母流淚後，教堂湧進了虔誠的信徒，當中也有人發現麥田怪圈，但沒有引起太大的關注（大概造假的例子多了，人們已經無感）。然而這次不同，因為有人在網上發表"專業"言論，同時牽扯到已經發展核武器的國家，不容小覷。

"請問這個麥田怪圈是什麼時候開始有的？妳有沒有發現任何不尋常之處？"

"這方圓百里的人家都已經搬走了，教堂也荒廢很久，妳是什麼時候被主教派到這裏工作？"

“聽說不久前教堂裏的聖母流淚了，怎麼現在不流了？”

……

十幾支麥克風伸向巫老師，讓這個時常笑容滿面的女人忘了該怎麼笑，還是郵差站出來解圍。

“她是老師，不是教堂工作人員。你們應該關心的是怪圈所發出的信號，而不是打擾到不相干的人。”他說。

沒想到郵差的挺身而出讓自己成為接下來被採訪的對象，他倒不扭捏，洋洋灑灑陳述發展核武給世界帶來的危害，應該馬上停止這種自殘行為……

當郵差接受採訪時，頭頂上的直升機也沒閒著，從艙門探出了一個攝像頭。

“那是圖瑞斯TX-V25 PLUS電影視頻攝像機，拍攝的跨越幅度可以達到143°，也就是說接近全景拍攝。”行空說。

馬力根本不關心那是什麼型號的機子，他只關心這些不速之客何時會離開？

“小朋友，你們是什麼時候開始在這裏上課？舟車勞頓不累嗎？”一支麥克風突然伸過來，嚇得四個孩子都躲到巫老師身後。

郵差再次挺身而出，指出孩子們就住在十分鐘車程遠的地方，不需要舟車勞頓。

這個回答讓記者們有了新的採訪目標，他們拍完幾張照片後，紛紛上車。

“我爸媽肯定會被嚇到。”叮叮說。

“我擔心的還不止此，記者有打破砂鍋問到底的精神，我怕……怕……”巫老師欲言又止。

馬力知道巫老師害怕什麼，記者們若發現這家人沒身份證、沒戶口，某天就這麼憑空出現，豈不亂成一鍋粥？

“別害怕，孩子們的父母又不是外星人，記者問完話就會走。”郵差說。

這下子巫老師和孩子們的擔心更加重了。

第39章·另一個旅程

方臉大叔和悲傷阿姨果然被突然闖入的記者給嚇壞了。

"爸、媽，你們有沒有說錯什麼話？"叮叮問。

方臉大叔想了想，回答應該沒有。

"是沒說錯話，"悲傷阿姨插嘴，"但綠色血可瞞不了人。"

原來方臉大叔不慎被院子裏的玫瑰給刺傷了，不巧被眼尖的記者給錄像下來。當時雖沒發覺有異，但回去倒帶重看，難保不發現端倪。

馬力問這下子該怎麼辦？

方臉大叔和悲傷阿姨都沉默了下來。

“今晚&$*%星、@#$&星和¥£€*星會連成一線。”行空忽然說。

這個回答讓兩個大人眼前一亮，因為在馬爾星球上，當三星（&$*%星、@#$&星和¥£€*星）連成一線時，最適合遠行。

“孩子的媽，是不是……”

方臉大叔話還没說完，悲傷阿姨直接宣佈：“大家都回房打包行李，我現在就準備晚餐。”

第40章•前進庫斯科

方臉大叔拿著羅盤，往前走幾步，再往後退幾步。

"羅盤的指針還是轉個不停嗎？"馬力問。

"嗯！也許再等一會兒。"方臉大叔抬起頭，"我們先報個數吧！"

像在西藏一樣，他們依據年齡大小報數，當馬力報完時，卻聽不到行空的聲音。

"行空上哪兒去了？"悲傷阿姨問。

"不知道，剛剛還在。"叮叮答。

話甫歇，他們同時聽到腳步聲，由上而下。

“行空，是你嗎？”馬力抬頭問。

“是我，”行空現身，肩膀上立著一隻雞，“我不想讓白雪單獨留下，那樣太可憐了。”

馬力說雞未必想跟著一起去。

“它想去……我猜的。”

馬力還想阻止雞上車，但太晚了。

“快！就是現在。”方臉大叔邊看羅盤邊喊，它的指針已經停下來了，“大家通通上車。”

等車門一關上，方臉大叔立刻發動引擎。沒多久，神奇的一幕發生了，水族箱的玻璃牆整面爆破，發出巨大的聲響。

當水沒至車頂，整輛房車浮了起來，不一會兒的工夫便往“水族箱”開去。

這次除了大嘴琵琶魚、皇帶魚、紅烏賊、帶殼的有孔蟲類及多不勝數的藻類植物外，馬力又看到了很多新魚種，簡直眼花繚亂、目不暇接。

不知過了多久，馬力才想起重要的事。

“我們這是去哪個城市？”他問。

“庫斯科。它是古印加帝國的首都，應該會有不少線索。”悲傷阿姨答。

方臉大叔緊接著說：“孩子們，都繫好安全帶，車子馬上就要起飛了。”

馬力感到興奮極了，心噗通噗通地跳。

第41章•烏魯班巴河谷

車子進入海洋漩渦黑洞，馬力又看到流光溢彩，既五光十色又變化萬千。没多久，車子衝出水面，“哐啷”一聲，落在河流旁的草地上，嚇得四周圍的馬匹到處亂竄 。

待馬蹄聲停止後，馬力問：“ 這是哪裏？ ”

葛家人齊答：“ 庫斯科。”

馬力以為庫斯科好歹曾是印加帝國的首都，不應該如此荒涼才是。

悲傷阿姨答讓她去問問，結果一下車便被成群的馬匹給團團包圍住，好不容易才脫身。

"請問……"

車內的八隻眼睛齊刷刷對準馬力，他感到好有壓力。

"請問悲……巫阿姨要怎麼問話？聽說秘魯的官方語言是西班牙語，印第安原住民則使用克丘亞語。"

"放心，從西藏回來後，我太太已經花了很多時間和精力在這兩種語言上，日常會話應該不成問題。"方臉大叔答。

馬力再次被葛家人的好學精神所折服。

等了約莫一個小時，悲傷阿姨才回來，看來牧民們没想像中近。

"這裏是烏魯班巴河谷，古印加文明的農業發源地，又叫聖谷。"她指著一個方向，"沿河往南開約五十公里便能抵達庫斯科。"

果不其然，沿路有不少梯田，三三兩兩的農民正彎腰幹活。

雖然天朗氣清，沿途的風景也很美，但石頭路並不好走。一路顛簸的結果，讓孩子們很吃不消，還好在嘔吐前，車子開進了庫斯科。

“太好了，我還以為這次非吐不可。”叮叮說。

馬力把冒出的酸水強壓下去，答：“可不是嗎？”

由於時差問題，本該上床睡覺的時間，這裏卻是大白天。方臉大叔問大家是先找個露營地睡下，還是先吃點兒東西？

“吃東西。”四個孩子齊答。

“那好，讓我們看看這裏有什麼好吃的。”方臉大叔答。

第42章 • 烤豚鼠

悲傷阿姨問路人哪裏有好餐廳？得到的答案是武器廣場附近有家餐廳叫Kusikuy，燒烤做得挺不錯的。於是方臉大叔方向盤一轉，將房車往那裏開去。

馬力猜想葛家人原先的打算是"徒手"吃燒烤，没想到這是家中規中矩的餐廳，意思是謝絕任何"不文明"的行為。

"要不，打包回去吃？"悲傷阿姨問其他五人。

"我想坐在餐廳裏吃，哪怕一次也好。"馬力小聲地答。

自從加入這個家庭，馬力從來没在外面的餐廳吃過飯，即便在西藏時也一樣，原因在於這家人習慣用手抓東西吃。

“既然這樣，那我們進去吃吧！”方臉大叔果斷下決定。

這家餐廳的菜單上雖然羅列了很多肉類選擇，但服務員推薦烤豚鼠，說是這家的招牌。

既然是招牌，肯定好吃，於是一口氣叫了六隻。端上來後，他們全傻眼了。

“確定這是烤豚鼠，不是烤乳豬？”叮叮問。

該怎麼形容呢？白色長盤上的烤物形似迷你豬，有1/2個手臂長，因為某種奇怪的原因，它被特意打扮過（頭上頂著半顆西紅柿，嘴裏咬著一根胡蘿蔔，下巴擱在一個烤土豆上，尾巴插上一把生菜，身體兩側各有一根熟玉米）。

正當他們不知如何下口時，服務員走過來把食物給撤了，留下目瞪口呆的六個人。

“馬力，你能告訴我們這是怎麼一回事嗎？”

馬力知道方臉大叔之所以問他，乃因他是地球人之故。

“我也不清楚。”馬力誠實回答。

還好沒多久，食物又重新上桌，這次已分辨不出是豚鼠還是乳豬，因為已經被切成塊狀，方便客人食用。

"原來剛剛是讓我們驗明正身。" 悲傷阿姨難得說笑。

接下來，當馬力準備好接受別人異樣的眼光（葛家人沒使用過刀叉，肯定出洋相）時，沒想到服務員歉然地表示吃其他肉類會提供刀叉，但烤豚鼠例外，這是傳統。

哈！正中葛家人下懷。

由於沒有使用刀叉所帶來的不便，加上豚鼠肉鮮嫩多汁，他們個個吃得眉開眼笑。

"吃飽了嗎？" 方臉大叔問。

"吃飽了。" 孩子們齊答。

"那麼上路了。"

雖然此刻艷陽高照，但他們睡意正濃，只想趕緊搭好帳篷，然後美美地睡上一覺，以便精神充沛地迎接明天的太陽。

第43章·羊駝玩偶

庫斯科是一個很具歷史韻味的城市，除了印加帝國所留下的古蹟外，被西班牙殖民主義者引進的巴洛克式建築也隨處可見。

吃過早餐，馬力一行人沿著山路往山下走去，過了一個街區，他們來到耶穌會教堂。這個紅磚砌成的建築很宏偉，左右兩側各有一個鐘樓，登頂後，從樓頂窗台可以俯瞰整個武器廣場及對面的庫斯科大教堂。

"聽說庫斯科大教堂裏有一幅秘魯版的《最後的晚餐》，畫中耶穌面前的盤子裏裝著的是一隻烤豚鼠。"馬力說。

"什麼《最後的晚餐》？"叮叮問。

馬力不得不把那個背叛故事講出來。

"原來耶穌也有心電感應，像巫老師一樣。"咚咚說。

雖然馬力也曾經懷疑過，但一旦被證實，他還是被驚嚇到。

"這個心電感應是全面性的嗎？"馬力問，害怕他的情愫早被巫老師看穿。

悲傷阿姨回答不清楚，但她知道巫老師只有在不傷大雅的情況下才會做感應，不過也不是每次都成功，談戀愛時的準確度最低，大概被愛情衝昏了頭。

現在馬力終於知道為什麼近期巫老師老猜不到他想吃什麼，原來她真的談戀愛了，而且不是第一次。

這個新發現讓馬力很氣餒，他理想中的女神乃為他而生，只會對他感興趣，哎～

午餐過後，他們沿著Triunfo街來到印加古牆和著名的十二邊形印加石，這個景點同時也是一條琳瑯滿目的商品街，所有秘魯高山地區的特色紀念品都可以在這裏買到。

馬力用方臉大叔給的錢買了一隻羊駝玩偶，這個毛茸茸的小東西讓他想起每月送金銀珠寶來的"真正"羊駝。

反觀其他三個孩子，他們全買吃的。

"笨哪！旅途中多一物不如少一物，很快你就會發現玩偶是個累贅。"叮叮說。

馬力也明白其中道理，但他還是買下了。

"馬力喜歡就好，別說他了。"方臉大叔轉話題，"現在是晚飯時間，你們想吃什麼？"

結果"烤豚鼠"再次上榜，馬力認為那是由於葛家人可以光明正大用手抓著吃的緣故。

"馬力，你不介意吧？！"方臉大叔問。

馬力也喜歡這道表皮略帶粘性的燒烤，所以回答："當然不介意。"

第44章 • Machu Picchu

由於餐廳就在不遠處，他們決定徒步前往，順便享受一下晚風習來的舒適感。

"Machu-Picchu……Machu-Picchu……Machu-Picchu……"路旁一位身穿五顏六色傳統服飾的男人吆喝著，手裏拿著一張放大了的照片。

" Machu Picchu ？怎麼聽起來很耳熟？"叮叮說。

馬力也有同感。

悲傷阿姨和那個男人交談了幾句，然後轉告其他人："Machu Picchu是個有名的景點，他正招攬客人加入他們的旅行團，明天早上七點出發。"

方臉大叔表示我們自己有車，開車去就行。

「那人說從庫斯科到歐雁台可以自己開車去，但從歐雁台到Machu Picchu就只能搭火車前往，因為沿路的地形太過險峻，加上偶有泥石流，開車不安全。」悲傷阿姨答。

馬力已經很久沒坐火車了，一聽有機會乘坐，立馬敲邊鼓。

「既然馬力想去，我們一時也沒有任何線索，不妨到Maqu Piqu瞧瞧。」

咚咚一說完，十隻眼睛齊刷刷對準她。

「怎麼了？」她一頭霧水。

「妳剛才說的是Maqu Piqu。」悲傷阿姨提醒。

咚咚反問難道不是？

「不是，是Machu Picchu才對。」行空推一推他的黑框眼鏡，「Maqu Piqu是鸚鵡說的。」

現在馬力終於知道為什麼一開始會感覺耳熟，原來兩者的發音很近似。

「什麼鸚鵡？」方臉大叔問。

然後叮叮、咚咚和行空迫不及待地爭相告知。

"郵差後來搬進馬力的家，那隻鸚鵡還千里迢迢從這裏飛過去，這實在太湊巧了。"方臉大叔說。

"會不會……"悲傷阿姨欲言又止。

"會不會什麼？"四個孩子齊問。

"會不會鸚鵡想表達的是Machu Picchu，但發音有誤，所以……"

其他五人恍然大悟，没錯，是有這個可能性。

最激動的非馬力莫屬，他直覺認為冥冥之中有人安排了這一切，目的是讓馬力順藤摸瓜找到他的父母。

"既然這樣，那我們非上Machu Picchu不可了。"方臉大叔說。

第45章·神秘的羊駝

回到露營地，三個帳篷看起來完好如初，太讚了！不用重新搭建。

馬力把新買來的羊駝玩偶放在房車的座椅上，然後下車。

隔天，當馬力走出帳篷，發現葛家人全在，但表情怪怪的。

"早！"馬力說。

"……早！"只有行空回答，而且慢半拍。

馬力問怎麼回事？

叮叮答白雪大概、可能、也許不是故意的，要馬力別生氣。

這個回答很可疑，馬力下意識尋找白雪。這一找，他發現那隻雞正啄著一樣東西，白色絨毛飛得到處都是。

「白雪在吃什麼？」馬力問。

「它在吃你昨天買的羊駝玩偶。」咚咚答。

馬力一聽，氣得七竅生煙，要不是行空攔著，他肯定讓那隻不知好歹的雞好看！

「你別跟白雪一般見識，也許它天生就和羊駝不和。」行空說。

馬力想想也對，不然白雪也不會跟每月送金銀珠寶來的「財神爺」鬥得你死我活。

「這麼說，回去以後我們得看好它，萬一羊駝真被它啄死了，我們就等著餓肚子好了。」馬力說。

「不用你提醒，誰會不在乎家人的安危呢？」悲傷阿姨答。

馬力感到迷惑，問：「難道羊駝是你們的家人？」

此話一出，十隻眼睛齊刷刷對準馬力，那種氣氛很詭異，彷彿當他是怪物。

“我……我也就這麼一問，不想答可以不答。”馬力嚅嚅地說。

沒想到悲傷阿姨真的就不答了，開始招呼大家吃早餐，雖然奶酪玉米麵團和黑咖啡的組合很不錯，但馬力心中不免鬱鬱，因為被忽略的感覺挺不好受的。

第46章·戴眼罩的雞

Machu Picchu中文譯為馬丘比丘。

從庫斯科到馬丘比丘，歐雁台是必經的中轉站。由於山路好開，加上遍地都是野花野草和古柯茶樹，讓人心情無比舒暢，他們忍不住唱起歌來。

身邊的魚兒在游，

我們的車子也在游。

嘿呦嘿呀嘿呦嘿！

做好準備就出發，

齊心協力你我他。

嘿呦嘿呀嘿呦嘿！

完成任務很重要，

六個人的旅程真奇妙。

嘿呦嘿呀嘿呦嘿！

他們一遍又一遍地唱，歌聲響徹雲霄，直到快抵達歐雁台才停止下來(按照計劃，馬力一行人會將房車停在此處，然後轉乘火車抵達目的地)。

"告訴你們，歐雁台原來是一個將軍的名字，由於沒有貴族血統，被迫與相愛的公主分隔兩地。這裏就是原來關押他的驛站，後來便以將軍的名字命名。"咚咚介紹。

四個孩子中，咚咚是比較寡言的那一個（而且多半是叮叮的應聲蟲），但只要涉及愛情，她完全大變樣，顯得很積極。

"將軍愛的公主是不是也叫咚咚？"馬力故意問。

"是嗎？跟我的名字一樣？"

叮叮要自己的妹妹別傻了，馬力這是在捉弄她。

聽完，咚咚投來怨懟的眼神，馬力只好假裝看不見。

由於歐雁台曾被曼科王作為與西班牙入侵者抗戰的基地，現仍可見當年的宮殿遺址及蓋在山頂上的太陽神殿。雖歷經千年的風吹雨打，遺跡早已破敗，但從斷壁殘垣中，不難發現曾經的輝煌。

"馬力，我發現羊駝玩偶了。你還想要嗎？我買給你。"方臉大叔說。

太陽神殿前就是歐雁台的集市，不僅有身穿傳統服飾的印第安人在彈奏古琴，同時也聚集了大大小小的攤位。

想到白雪對羊駝恨之入骨，馬力打消購買的念頭，不過這倒提醒他另一個隱憂。

"羊駝在秘魯很常見，雖然目前白雪沒有造次，但難保接下來它不會攻擊無辜。"馬力說。

這個擔憂不無道理。

"行空，你說怎麼辦？"方臉大叔問，顯然認定那是他的寵物雞。

行空推一推他的黑框眼鏡，答：" 知道
了，我會讓它戴上眼罩。"

行空推一推他的黑框眼鏡，答：" 知道
了，我會讓它戴上眼罩。"

第47章・另一個馬丘比丘

火車上的乘客無不對白雪行注目禮，它成了名副其實的"當紅炸子雞"。

" 你能把它的黑眼罩取下嗎？大家都往我們這邊瞧。"叮叮說。

" 不能，火車上有手拿羊駝玩偶的幼兒。"行空答。

馬丘比丘雖是旅遊勝地，但並不適合小孩前往，馬力不明白他們怎麼不去迪士尼樂園？

就在轟隆隆的車輪滾動聲中，觀光火車緩慢地順著河岸盤山而行，行程不長，約莫一個半小時就抵達馬丘比丘所在的溫泉鎮。下了火車，他們緊接著乘坐中巴上山，沿途的風景很美，山高雲低，密林叢生，偶爾還有山鷹劃過天空。

“印加人為什麼要把城市蓋得這麼高？”馬力問。

“因為接近太陽呀！”方臉大叔答，“專家普遍認為馬丘比丘是印加統治者帕查庫蒂為了更好地膜拜太陽及與神交流所建造的。換言之，它是舉行宗教儀式的地方。”

馬力覺得古人也太迷信了，動不動就拜這拜那，不過也因為“迷信”，所以留下很多古蹟。

遠遠的，他們終於看到有座古城聳立在峭壁上。如果從空中俯瞰，不難發現它的外圍是梯田，城內則由一百多個建築及無數個階梯所組成（北部多為莊嚴的宮闕神殿，南部是作坊、居室和公共場所，規劃得相當井然有序）。

“這是什麼？”馬力指著一塊奇怪的石頭問。

“那是拴日石，其作用是將神聖的太陽留在天上。”行空答。

據說印加人自稱太陽之子，對太陽的崇拜無所不在，那麼想方設法把太陽"拴"在天上也就不足為奇了。

"這裏除了石頭，什麼都沒有。"叮叮洩氣地說。

的確，古城內的廟宇、避難所、公園、居住區、水池、溝渠、下水道，監獄、陵墓……等，全用石頭建造，除了石頭，沒別的了。

馬力說："來到現場後，我相當確信'壞人'是不會選擇這樣的地方來軟禁我父母，因為人來人往，太不隱秘了。"

聽完分析，行空推一推他的黑框眼鏡，答："其實馬丘比丘不止一個。"

"什麼意思？"其他五人齊問。

原來印加帝國滅亡後，民間相傳有座神秘的印加古城就藏在秘魯境內的崇山峻嶺中。三百多年間，探險家們爭相尋找，皆無功而返，直到1911年才由美國耶魯大學教授海勒姆找到。由於古城的原始名字已經不可考，所以借用附近的一座山名，稱其為馬丘比丘。

"也就是說鸚鵡口中的Maqu Piqu很可能是山名，而非古城名。"方臉大叔左看右瞧，發現附近重巒疊嶂，一山接著一山。

“別告訴我，我們要登頂。”行空說，聲音是顫抖的。

“親愛的行空，這次我們恐怕真的要登頂了。”方臉大叔答。

第48章·老山

"馬丘"在克丘亞語中代表"老的"，而"比丘"之意是"山"，合起來便是老山；與之相對的是"瓦伊納比丘"，它作"新山"解。

據說老山比新山高，而古城就夾在兩山之間的凹處，遠看像一隻張開翅膀的山鷹，傲視著底下深達2400米的烏魯班巴河河谷。

既然古城借用鄰近的山名為名，可想而知，眼前比較高的那座便是馬丘比丘。

"這座山看起來斷崖直壁，我怕有人會爬不上去。"叮叮說。

行空緊接著舉手，方臉大叔問他有什麼話要說？

“我……我承認自己就是那個爬不上去的人。”他答。

行空體弱，他的回答並不意外，但……

“馬力，你怎麼也舉手？是不是也不想爬？”方臉大叔又問。

馬力爬過最高的山不過是他家附近的小山丘，現在一下子要爬那麼危險的山，他也害怕，但……

“我不是不想爬，而是想表達一下自己的看法。根據我對父母的了解，他們都不是行動敏捷的人，換言之，如果他們曾被押著上山，至少證明這山不難爬，或者……有其他捷徑。”

馬力的回答無疑鼓舞了葛家人，尤其是行空。

“如果真如你所言，我倒是可以一試。”這個戴眼鏡的男孩答。

第49章·茅草屋

這座老山的主峰目測將近2000米，所有想像得到的艱險，在這裏全體現了，包括山峰陡峭、深壑幽谷、怪石林立、荊棘叢生……等，更慘的是暴雨猝至，使得前進的腳步更加緩慢，跟龜速沒兩樣。

"不行，這路太濕滑，一不小心就會滾落下去，我們還是先找個地方躲雨吧！"悲傷阿姨說。

"躲哪兒？"叮叮問。

悲傷阿姨環顧四周，接著手指前方："喏！那裏有個茅草屋。"

天色漸暗，除了繁茂的植物和傾盆而下的大雨外，馬力實在看不清楚別的。既然悲傷阿姨很篤定，大夥兒便往那裏走去。

「真的是茅草屋耶！媽的眼睛好厲害。」叮叮說。

「太好了，至少今晚的落腳處有了，省得再找。」咚咚說。

「我還以為要在大雨中過夜，看來我們的運氣不錯。」行空說。

三個孩子的反應非常真實、自然，但馬力想的比較深，他懷疑自己的父母曾住在這個茅草屋裏。

「馬力，我知道你在想什麼，但茅草屋也有可能是供上山採藥的原住民住的。」方臉大叔對他說。

是呀！是有這個可能性。

馬力雖不滿意，但也只能暫時接受這個說法。

進入茅草屋後，方臉大叔要大家報數，行空最小，當他報完，咕咕聲響起，原來摘了眼罩的白雪也加入報數。

「太好了，都在。」方臉大叔精神奕奕，「我們把濕衣服都換下，同時升火取暖，病倒了可不好玩。」

火升起來後，身體溫暖了，馬力心想如果能再來杯熱飲就更好了。沒想到下一秒，悲傷阿姨便從她的背包裏拿出一個折疊式鐵片，一番操作下成了鐵壺，接著她差叮叮拿著鐵壺去屋外取雨水，自己則把矽膠做的壓縮杯一一打開，像上回在西藏洞穴裏所做的一樣。

熱茶下肚後，即使屋內下小雨，心情也沒那麼糟糕了。

" 這雨大概一時半會兒不會停，意思是連野果也採不了，我們還是吃壓縮餅乾充飢吧！" 悲傷阿姨說。

大家無異議，連白雪也有一塊餅乾啄。

吃飽喝足後，方臉大叔要大家席地而睡。

馬力找來找去，終於找到一個"比較不濕"的地。此時屋外依舊狂風大作、暴雨如注，他以為今晚必定是個無眠夜，結果一閉上眼睛，疲憊感便飛速向他襲來，再睜眼時，已是第二天清晨。

第50章·鑽進地下

"奇怪，人呢？"馬力邊懷疑邊走出茅草屋。

今日陽光明媚、萬里晴空，與昨天的狂風暴雨、雲迷霧鎖比，簡直好太多，尤其耳邊不時傳來鳥兒婉轉的歌聲，那心情再美不過。

"這隻Forpuscoelestis唱的是印第安的曲子，聽起來很空靈。"行空忽然現身。

Forpuscoelestis？馬力覺得這個名字聽起來很耳熟。

行空提醒他，嘴裏喊著Maqu Piqu的鸚鵡，其學名便是Forpuscoelestis。

得到答案後，馬力開始尋找聲音出處，果然在茂密的葉縫間發現好幾個白綠相間的迷你身軀。

「看來只要待在這裏的時間夠長，我也能教會鸚鵡說話或唱歌。」馬力轉過頭去，「你們一大早都上哪兒去了？」

「我們一直待在茅草屋裏。」

馬力感到很不可思議，莫非他眼瞎了不成？

行空答不是他眼瞎，而是他們一家子全鑽進地裏去了，多虧白雪幫忙。

「什麼意思？」馬力問。

原來不過一個晚上的工夫，白雪便把地啄開一個小口，露出裏面的銅把手。葛家人見狀，合力將小口挖成大口，發現那個銅把手其實連著一扇門。他們想喚醒馬力，好一塊兒行動，結果怎麼喚都喚不醒，只能暫時撇下他，若不是後來悲傷阿姨想起馬力，並差行空去喚馬力，行空還會待在地底下。

「地底下有什麼？」馬力問。

「你去了就知道。」行空答。

第51章・赤陶圓盤

馬力鑽進地下，光線不佳，但仍能看出這是一個約三十平米大的密室，1/4的空間倒是被藜麥桿給佔據了。

"昨晚我們若能睡在麥桿上，不知舒服多少倍。"行空對馬力說。

這倒是實情。

"你父母在看什麼？"馬力問。

"他們在麥桿堆裏找到一樣東西，正在做研究。"

行空不說，馬力還以為那對夫妻手中的東西是饢（一種新疆的圓餅）。

"孩子們，你們通通過來，看看這是什麼？"方臉大叔喊。

四個孩子湊上前去，發現這是一個直徑約25厘米的赤陶圓盤，上面有一些小橫槓及圓點。

"這不就是……"行空說。

悲傷阿姨忙將方臉大叔手中的圓盤搶下，表示目前只能先把上面的符號拓印下來，以後再研究，畢竟這個東西易碎又不好攜帶。

馬力問要如何拓印？得到的答案是把木炭的灰塗在圓盤上，再用白布覆蓋住，然後輕輕敲打即可。

"這裏哪裏有木炭？"馬力又問。

悲傷阿姨答："昨晚升火，没有燒完的部分冷卻後就是木炭。"

於是他們上到地面，一番手忙腳亂後，終於拓印完畢。

"咕咕咕……咕咕咕……咕咕咕……"白雪突然在茅草屋外叫。

"你能管管你的雞嗎？"馬力對行空說。

這個瘦小的男孩無奈步出屋外，但很快又退了回來。

"外面有人。"他答。

第52章 • 初露曙光

他們全衝出去，發現屋外站著一位印第安男人。

傳統的印第安男人會穿著牛皮製的小圍裙，兩腿綁上腿套，身披野牛皮斗篷或披肩，頭戴鷹羽冠。如今秘魯原住民的服飾已經融合了現代元素（譬如以羊毛帽或草帽取代鷹羽冠），不變的是披風，上面綴以斑斕色彩的各類圖案，不僅能擋風遮雨，也成為節慶活動 時的一抹獨特風景線。

然而眼前的男人還是有些許不同，頭上戴著附耳扇的毛線帽，腰間墜著小圓鏡片，後背背著一個大竹簍，裏面裝著林林總總的植物（幾支毛茸茸的枝椏還露了出來）。

悲傷阿姨走過去和他交談，回來時面色
凝重。

"怎麼了？"叮叮首先問。

"這個男人說茅草屋已經空置好幾個月
，没想到又來人了，上回住的是一對夫
妻。"

馬力的心喀噔了一下，忙問那對夫妻長
什麼樣？

"男的瘦瘦高高的，女的中等身材，兩
人的腳上都套著腳環。當時不遠處還停
著一個金屬製的盤狀物，已經破損，他
猜那是夫妻倆停留在此的原因。"

馬力的父親長得瘦瘦高高的，母親也是
中等身材，但這不足以對號入座。還有
，那兩人為什麼要套上腳環？他的父母
可没有這玩意兒。

"信息量太少也太含糊，那人還說了別
的嗎？"馬力又問。

"他表示由於存在語言隔閡，雙方不能
做有效溝通，不過……"

關鍵時刻，悲傷阿姨竟然賣起關子，真
要急死人了！

"不過什麼？"馬力問。

“不過那對夫妻曾給他珍貴藥材，所以他便答應將鸚鵡帶到指定地點。由於看不懂方塊字，著實費了他好一番功夫才找到人托運。”

聽完，馬力哭得上氣不接下氣，那是喜悅的淚水。

待他平靜之後，方臉大叔說：“顯然你的父母曾經住在這個茅草屋裏，我們何不進去再仔細找找？也許能發現更多有用的線索。”

第53章·伊基托斯

他們把地上地下全翻了個遍，除了赤陶圓盤和藜麥桿外，什麼都没有。

"不可能會有的，他們早搬光了，留下赤陶圓盤反倒不像他們的作風。"悲傷阿姨說。

她口中的第一個"他們"，馬力以為指的是他的父母，但當第二個"他們"出現時，他打消了原來的想法。

"妳說的'他們'，指的是誰？"馬力問。

悲傷阿姨和方臉大叔快速交換一下眼神後，答："時候不早了，我們趕緊下山吧！沿途就採野果子吃，也許還趕得上搭乘最後一班飛伊基托斯的飛機。"

“伊基托斯？”孩子們齊喊。

“是的。”方臉大叔接棒，“伊基托斯是亞馬遜雨林在秘魯境內的最大城市，由於地形複雜，對外交通完全依靠航空與河運。我們不知馬力的父母身處雨林的哪個位置，只能從上游開始找起。”

“那還等什麼？”說完，馬力背起背包，第一個跨出茅草屋。

第54章・迷霧重重

眼看趕不上最後一班飛機，他們索性待在歐雁台過夜，打算明天一早再從秘魯首都利馬直飛伊基托斯。

半夢半醒間，馬力聽到隔壁帳篷傳來說話的聲音。

"他們為什麼要抓馬力的父母？"這是悲傷阿姨的聲音。

"也許一開始真的是為了挽救地球，現在地球安全了，尋找黃金便提上日程，想當初不也是這個理由？"這是方臉大叔的聲音。

"什麼時候告訴馬力？"

“還是緩緩吧！一下子知道太多，我怕那孩子扛不住。”

“除了這個，我還擔心那些人要怎麼回去？如果回不去，地球豈不遭殃？”

“別想太多，睡吧！”

馬力等了一會兒，直到再也聽不到說話聲，他才相信那對夫妻已經入睡。

他們是入睡了，但馬力卻睡不著，一連串的問題排山倒海而來。

首先，他的父母為什麼戴腳環？還有，既然他們能與印第安人打照面，代表行動自由，為什麼不趁機逃跑？其次，馬力不相信自己的父母會什麼都不做地待在茅草屋內，再怎麼也得煮飯吧？！可是屋內卻沒有任何生活氣息，可見臨走前被清理過一遍，只留下藜麥桿和赤陶圓盤。前者好理解，乃睡覺的地方，那後者呢？是父母故意留下的暗號嗎？其三，什麼是金屬製的盤狀物？為什麼會破損？這東西和父母有關嗎？其四，雖然茅草屋是父母曾經居住的地方，但不表示後來沒再繼續往高處移動，但方臉大叔和悲傷阿姨卻毅然決然地轉移陣地，絲毫沒猶豫，這是為什麼？其五，這對夫妻明顯有事瞞著馬力，再看其他三個孩子，他們的反應卻很平靜，莫非叮叮、咚咚和行空知道些什麼？

想至此，馬力決定問個明白，目標直指行空。這個男孩很正直，有一說一，找他要答案準沒錯。

"嘿！行空，"馬力推一推身邊人，"醒醒呀！"

行空嘟囔幾句，轉個身又沉沉入睡。

"看來只能另找機會再問，而且得避開方臉大叔和悲傷阿姨，否則行空無法暢所欲言。"馬力心想。

第55章・黃金博物館

利馬是世界聞名的無雨城市，一年四季既沒有雷鳴電閃，也沒有疾風暴雨，至於結冰下雪，那是前所未聞的事，可是誰能想到就在如此萬無一失的情況下，飛機竟然延機了。

"沒辦法，不久前龍捲風襲擊孟菲斯，但凡從那個城市起飛的航班全停飛了。"方臉大叔轉述航空公司的解釋。

"那怎麼辦？難道在機場空等？"叮叮問。

悲傷阿姨想了想，提議上利馬市區轉轉，四個孩子立刻歡聲雷動起來。

"上市區也好，地勤人員說動物必須關在籠子裏才能登機，我們可以順便買個雞籠子。”方臉大叔說。

來到利馬市區後，馬力有種“冰火兩重天”的奇怪感覺。剛開始以為它很安靜，像個與世隔絕的世外桃源，但轉個彎又是另一番景象，人們載歌載舞、恣意狂歡，很難想像這是同一個城市。

“孩子們，要不要吃點兒東西？”悲傷阿姨停下腳步問。

馬力知道她為什麼這麼問，因為這條路上停滿賣食物的小推車，舉凡肉餡捲餅、蘋果派、炸土豆、鵪鶉蛋、烤雞、甜甜圈……等，不一而足。

孩子們當然喊餓，結局便是飽了肚子但髒了手，害他們走了好幾個街區才找到水源洗手。

“看！黃金博物館。”叮叮忽然指著前方一棟黃色的宏偉建築說。

秘魯的黃金產量在全世界能進前十大，這個黃金博物館肯定有看頭。

“想看嗎？”方臉大叔問。

四個孩子點頭如搗蒜。

於是一行人浩浩蕩蕩地往黃金博物館前進。

第56章·比爾卡班巴城

白雪被禁止入內，他們只好把它留在博物館前的草地上。

"白雪，妳乖乖待在這裏等我們出來喔！"行空對它說。

這隻雞咕咕咕地叫，像在回應主人的叮囑。

與其他地區不同，這個黃金博物館是私人的（可見財力之雄厚），裏面收藏了印加文明時期的黃金製品，從盔甲武器到飾品雕像，琳瑯滿目，有些還鑲嵌著珍貴的寶石，工藝之精湛讓人歎為觀止。

"你們還有什麼想問的嗎？"導遊問。

這位女導遊是他們臨時僱用的，據說在利馬大學主修歷史專業，還是來自中國的留學生。

馬力舉手。

"請說。"導遊對他微笑，讓他想起千里之外的巫老師。

"請問印加帝國何時滅亡？"馬力問。

"一般人會認為是1533年，也就是當13代印加王阿塔瓦爾帕被絞刑之時，但其實西班牙殖民軍後來又扶植了14代及15代印加王，只是没料到15代印加王會窩裏反，幾次率兵與西班牙殖民軍開戰，最後還夾帶數以萬計的黃金退到亞馬遜雨林中，並在那裏建立了新印加帝國，直至1544年，這個帝國才算真正瓦解。"

馬力被"數以萬計的黃金"所吸引，忙問新印加帝國處於現在的哪個位置？

導遊答："這就不清楚了，反正在亞馬遜雨林中就是。當初耶魯大學教授海勒姆發現馬丘比丘古城，直到去世，他還堅稱那裏就是失落的比爾卡班巴城呢！"

原來比爾卡班巴城就是新印加帝國的堡壘，那麼它和瑪若依國的黃金城堡有任何關聯嗎？亦或兩者就是同一個？

導遊露出迷惑的表情，原來她没讀過洛桑博士所著的《瑪若依國—傳說中的黃金國》一書，當然也不會知道印加帝國在亞馬遜雨林裏還有個附庸國叫瑪若依國。

"没關係，"行空推一推他的黑框眼鏡，"學海無涯，妳回去把書找出來看還來得及。"

第57章·開往巴西的小船

走出博物館，他們發現白雪不見了，找了半小時也不見踪影。

"算了，別找了，也許它想留在這個城市。"行空說。

馬力想起不久前才吃過的烤雞，這個小男孩的心可真大，難道就不擔心自己的寵物雞成了別人的桌上佳餚？

疑惑歸疑惑，馬力沒提出"警告"，少了一隻時不時製造噪音的雞，也算是好事一件。

回到機場，馬力一行人赫然發現他們的航班已經開始登機，不得不以跑百米的速度衝向登機口，還好在機艙門關閉的前一刻趕到，總算有驚無險。

兩個小時後，飛機終於抵達科羅內爾·弗朗西斯科國際機場。走出機場，彩霞滿天，正是黃昏時分。

事不宜遲，他們趕緊跳上一輛九人座商務出租車，目標直指碼頭。然而來到碼頭後卻被告知今日已無船可搭，只能明日再來。

"這下子怎麼辦？"叮叮問。

方臉大叔想了想，答："我們還是回市區找家酒店住下吧！"

一走出碼頭，他們同時聽到"叭"的一聲，原來出租車還待在原地。

悲傷阿姨走過去和司機交談，講的是西班牙語。

"他說他知道一個本地人常用的小碼頭，即使夜裏也有船出發。"悲傷阿姨轉述。

"太好了，大家都上車吧！"方臉大叔催促。

出租車在如同過江之鯽的摩托車車流裏穿梭，兜兜轉轉後，最終停在一個簡陋的市場前。

“司機說穿過市場就能看到碼頭。”悲傷阿姨翻譯。

下車後，他們走進已經開了照明的市場內，熱情的小販衝著他們喊“Chinese”，顯然把葛家人也歸為中國人。

“什麼是恰拉匹嗒？”叮叮問，因為其中一個攤主喊的不一樣。

馬力心想攤子上有烤好的魚，這不挺明顯的？於是回答：“是烤魚的意思。”

沒想到悲傷阿姨立即潑來冷水，她解釋恰拉匹嗒不是烤魚，而是烤魚旁邊的蘸醬。

馬力感到不解，哪有人這麼做生意的？不喊賣什麼，卻喊蘸醬的名稱，這實在太奇怪了！

“恰拉匹嗒好吃嗎？”咚咚接著問。

悲傷阿姨答不清楚，還問咚咚是不是想吃恰拉匹嗒？

“我想吃恰拉匹嗒旁邊的烤魚。”她答。

也難怪咚咚會肚餓，原本期待飛機上有餐點供應，結果只得到一包花生米和一瓶水，怎能不肚餓？

在小吃攤前，他們一一接過用芭蕉葉包裹的烤魚，伴隨的還有一個裝著恰拉匹嗒的小碟。魚肉很新鮮，但恰拉匹嗒就不敢恭維了，比朝天椒還辣，馬力灌了半瓶水才把那團火給滅了。反觀葛家人，個個吃得眉開眼笑，看來外星人的舌頭就是不一樣。

吃飽喝足後，他們往市場深處走去，果然發現一個繁忙的碼頭，河面上停滿了大大小小的船隻，幾名苦力正扛著大包小包的貨物或成捆的香蕉往船上送。

" Brazil......Brazil......Brazil......" 岸邊一名船工喊著。

Brazil是巴西之意（眾所周知，亞馬遜河全長六千多公里，絕大部分都在巴西境內）。

" Brazil?" 悲傷阿姨向船工確認。

那人打量他們好一會兒，最後指向最遠的那艘小船，怕他們找不著，還很熱心地帶路。

馬力很不喜歡那個人的眼神，飄忽飄忽的，但他沒說反對的話，依舊跟著上船。

第58章·揪心

這是一艘可坐 10 人的舢舨，船夫在船尾撐著一根長竹竿讓船前進。

「這得花多久時間才能走完整條亞馬遜河？」馬力提出疑問。

悲傷阿姨想想也對，於是轉頭問船夫。

「他說先搭小船再搭大船……我猜是這個意思。」悲傷阿姨轉述。

「妳猜？」馬力抓到小辮子。

「嗯！因為他說的是艾馬拉語，雖然與克丘亞語很接近，但畢竟是兩個不同的語系，所以……」

這下子馬力有「上了賊船」的不妙感覺。

方臉大叔彷彿有心電感應，他要大家別擔心，這水看起來不深，若真有什麼就跳船……

行空推一推他的黑框眼鏡，問：“那我怎麼辦？”

這個瘦小的男孩不會游泳。

“傻孩子，”方臉大叔摸摸他的頭，“你當然由我背。”

就在微微起伏的船板上，兩大四小很快入睡，再醒來時已是第二天清晨。

“這是哪裏？”馬力揉揉惺忪的雙眼問。

“亞馬遜河上。”行空答。

馬力一聽，不禁失笑，亞馬遜河長得很，當然還在亞馬遜河上。

舢舨繼續在寬約百米的河道上前行，不同的是昨晚一片漆黑，無法欣賞兩岸風光，現在則不同，朦朦朧朧中，他們看到船屋及沿著河岸搭建的木棚或吊腳樓，大概時間尚早，未見人煙。

“快看！河裏竟然長出樹來。”叮叮指著前方喊。

行空科普那是水下沙洲，乃由泥沙堆積而成，只有在低水位時才會露出，不過從沙洲長出一棵樹倒是稀奇。

稀奇的事還不止此，航行没多久，船拐入一條支流，再行不到兩百米又拐入另一條更窄的河流，此時茂密的綠植全覆蓋在水面上，倒像是船在草叢中划行。

當一截河岸顯露出來，同時出現的還包括數名拿著長矛的裸體男人（只用樹葉遮住生殖器）時，馬力的心揪了起來。

第59章·土著部落

他們上岸後，兩個男人在前面領路，另有幾人殿後。換言之，他們是被押著前進，而船夫早已不見踪影。

也不知是否故意刁難，這一路很不好走，一會兒雜草叢生，一會兒腳踩泥濘，一會兒又忙著避開滿地的樹枝和亂石。

相較於馬力一行人的氣喘吁吁，這些土著臉不紅氣不喘的，領路的兩個人還時不時回頭看著他們，彷彿當他們是病人。

走了約莫兩個多小時後才抵達部落，他們被帶到一個很大的草屋內，目測能容納百人。

"這是怎麼回事？"叮叮壓低聲音問。

馬力也想知道，但顯然這道題無解，因為這些土著說的是另一種語言，連悲傷阿姨也無從猜起。不過貌似立即的危險已經解除，因為圍觀的人並沒有攻擊他們，反而遞上水和用芭蕉葉包裹的烤木薯。

"他們為什麼都不穿衣服？還有，男人身上背的是什麼？"咚咚邊吃邊問。

也難怪咚咚會好奇，那些婦女全裸露上身，只在腰間繫上草裙；男人更誇張，穿的是用樹葉製成的丁字褲。

行空推一推他的黑框眼鏡，答："雖然雨林很熱，但不穿衣服好像與信仰有關，至於男人身上背的……我猜應該是吹箭筒，筒裏的箭都被塗上毒液，動物若被射中，很快便四肢僵硬，無法動彈。"

他不解釋還好，一解釋，馬力反倒擔心會不會被毒箭射殺？

悲傷阿姨說馬力想多了，若要射殺，幹嘛還給東西吃？

馬力猜測也許土著想將他們養肥了再吃，但終究沒開口，畢竟這個說法很危言聳聽。

當圍觀的人群漸漸退去後，叮叮提議趁機逃跑。方臉大叔說這個得從長計議，因為他們的體力沒土著好，加上不熟悉環境，如果冒然逃跑，被抓回來的機率很高，反而打草驚蛇。

"可是不跑，難道永遠待在這裏？"咚咚問。

"當然不是，讓我看看羅盤怎麼說。"

方臉大叔正要把羅盤從包裹拿出來，冷不防一個頭上戴著羽毛冠的男人走了進來，從氣勢看，很像酋長。

他的目光掃視了一下，接著說出一長串話，換來一片死寂後，他改用另一種語言，這次悲傷阿姨勉強能接上幾句，不過從交流的情況來看，很不樂觀。

像酋長的男人走後，大家趕忙問悲傷阿姨怎麼回事？

"這位應該是個領導，他只會說一點兒艾馬拉語。我猜他的主要意思有兩個：一是接我們的大船要五天后才會到，二是他們的某處土地已經寸草不生有好一陣子了，想讓我們明天過去瞧瞧，也許能解開疑惑。"

聽完，馬力大鬆一口氣。

方臉大叔問他怎麼了？

"我還以為他們是食人族，想將我們養胖了再吃，看來不是，太好了！"他答。

此時，咯咯咯的笑聲響起，又是叮叮和咚咚兩姐妹在取笑他。

"妳們別笑馬力了，他的擔心不無道理，亞馬遜雨林裏的確有食人族。"悲傷阿姨持平地說，讓馬力很是感激。

行空問現在怎麼辦？

方臉大叔說反正大船五天后才會到，我們不妨出外走走。

"萬一悲……巫阿姨理解錯誤怎麼辦？"馬力問。

"那你待在這裏好了，別出去。"叮叮很無情地答。

當葛家人陸續離開草屋，只剩下馬力一人時，他只好灰溜溜地跟上。

第60章·食人魚

馬力發現部落裏的其他草屋比起方才那一個要小很多，而且都很簡陋，没窗没門，做飯的廚房甚至連屋頂也没有。

此時，有一戶人家的女人正準備升火煮食，見他們走過來，從水池裏撈出一條黑底紅腹的魚，扳開它的嘴，那牙齒尖銳無比。

行空推一推他的黑框眼鏡，說：" 如果我猜的没錯，這是食人魚。"

" 你的意思是食人魚最後被人給吃了？"馬力問，笑不可支。

那女人雖然聽不懂他們在談論什麼，但伸出自己的左腳，他們同時看到其中一個腳趾頭已經没了，這大大提高行空所言的可信度。

接下來，他們到處走動，把部落生活都看在眼裏。當土著女人很熱心地教悲傷阿姨、叮叮和咚咚把細草編織成繩，再將樹葉和乾果"鑲嵌"其中，做成項鍊時，方臉大叔、馬力和行空走向河邊，那裏有幾個男人正用木棍捕魚。

他們三人觀看一會兒後，土著男人表示他們也可以下水試試，這個顯然有趣多了。

當天色漸晚，他們重回大草屋，發現原來"食人魚"是煮給他們吃的，剎那間心生感動。

"其實不只是吃的，他們把最好的草屋也留給我們住，實在太熱情了。"悲傷阿姨說。

"看來明天我們得盡力幫他們查找原因，否則無以回報。"方臉大叔緊接著說。

第61章•白雪回歸

亞馬遜雨林又被稱為"大地之肺"，它為地球提供了將近五分之一的氧氣量，還因擁有最豐富的物種而被公認為最神秘的生命王國，但它同時也是世界上最危險的地方，分分鐘可能奪人性命。

當酋長將血紅色的樹葉碾碎成厚厚的糊狀物，然後塗抹在自己的臉上及赤裸的皮膚上時，馬力一行人全看傻了，因為他成了"血人"的模樣。

"@#$&……"酋長說。

"我猜他要我們也照做，因為這種東西能讓皮膚免受陽光和昆蟲的侵害，同時也能驅趕邪惡的靈魂。"悲傷阿姨翻譯。

“什麼是邪惡的靈魂？”叮叮問

“應該是惡鬼吧！”馬力答。

他一答完，十隻眼睛齊刷刷對準他。

“不會吧？！難道你們的星球上沒有鬼？”馬力問。

他們全搖頭，讓馬力很詫異（雖然他也沒親眼見過鬼）。

最終，他們還是塗上了紅色糊狀物，成了一個個的“血人”。

接著酋長帶領他們走向雨林深處，那裏覆蓋著大量的樹木，而且非常密集，遮擋住大部分的陽光。別看眼到之處一片陰暗，但走沒多久，衣服全濕了，彷彿做了桑拿。

此時，酋長突然停下腳步，手指著一棵樹的結瘤處說了一長串話。

“我猜他的意思是這種樹瘤經常會有蟻巢，把螞蟻搓碎塗在身上可以防止雨林中的蚊子滋擾。”悲傷阿姨解釋。

聽說熱帶雨林是草藥天堂，沒想到還能將昆蟲當藥使，馬力感到好神奇。

又走了約莫一公里路，他們終於來到一個無比"明亮"的地方，既沒有樹，也沒有草，光禿禿一片。

" #d%@......" 酋長又說話了。

" 他說自從一對夫妻來此做研究，離開後就成了這副鬼樣子。"

一對夫妻？莫非......

" 悲......巫阿姨，妳趕緊問他那對夫妻長什麼樣子？還有，他們何時來？何時走？做的什麼研究？"

悲傷阿姨把艾馬拉語說得支離破碎的，也不知酋長聽懂了沒？不管如何，他倒是回答了，而且還拿石頭在寸草不生的土地上畫圖，畫的是兩個留著齊肩長髮的人，腳上好像有個環。

" 他說那對夫妻是正午的時候來的，何時走不清楚，做什麼研究也不知道，只是有一天晚上，整個部落毫無預警地籠罩在強光之下，持續了好幾秒鐘，他猜與這對夫妻所做的研究有關。" 悲傷阿姨又說。

強光？馬力想起去年在西藏，當橙色亮光射出時，有一道紫色亮光也從南方劃過天際，兩者一起在地球大氣層處形成一個保護膜，成功解救了地球。

"聽起來很像是我父母，但他沒回答大概的月份，也不知時間上有沒有吻合？還有，我爸媽都是短髮，跟他畫的圖有出入。"馬力說。

叮叮和咚咚聽完，笑得前仰後合。馬力氣炸了，問她們笑什麼？

"你以為你父母有機會理髮？真要笑死我了！"叮叮答。

馬力這才意識到自己犯錯誤了。

"好了，妳們都別笑了。"悲傷阿姨轉而面向馬力，"我想酋長不是故意不回答月份，而是他們根本沒有日月年的概念，通常就是日出而作，日落而息。"

這下子馬力茅塞頓開了。

"咕……咕咕咕……咕咕咕……"

突來的聲音讓人好生驚訝，冷不防一個白色的影子拍打著翅膀向他們飛來。

"白雪～"馬力和葛家人驚呼。

這隻雞在空中盤旋一會兒後，落在行空的肩膀上。

“你的雞回來了。”馬力說。

行空不無驕傲地答：“我知道。”

第62章・事有蹊蹺

為了幫酋長解答疑問，他們全蹲下來研究這一片不毛之地。

馬力看了半天也瞧不出什麼，倒是悲傷阿姨有了答案，她說這片土地的含鹽量嚴重超標，導致植物無法生長。

"悲……巫阿姨，妳怎麼知道？"馬力問。

"我嚐過了呀！死鹹死鹹的。"

馬力再次被打敗，他沒想到為了尋求真相，有人可以"吃土"。

"是什麼人這麼沒公德心？"叮叮義憤填膺，"這下子該怎麼辦？"

雖然沒有證據證明這是馬力的父母所為，但他挺不高興有人影射他的父母。

"正常人不會無緣無故在土地上灑鹽，一定是有原因的，可能被迫，也可能是為了一個更遠大的目標。"他說。

行空站在馬力這一邊，因為想在亞馬遜雨林裏獲得成噸的鹽巴可不是易事，光蒸餾河水就是個大工程。

咚咚問莫非河水裏有鹽？

"當然，亞馬遜河最終流入大海，兩者相通，而海水的含鹽量佔 3.5% 左右。"行空答。

"其實……"方臉大叔停頓了一下，"其實也不一定要如此大費周章……"

"葛立！"悲傷阿姨突然喊自己的老公。

方臉大叔因此不再言語，讓馬力感覺事有蹊蹺。

此時酋長開口了，看樣子他等不及想知道答案。

悲傷阿姨用不流利的艾馬拉語加以解釋，顯然酋長沒聽懂，所以急著回部落。

“既然解開謎團了，我們也跟著一起回去吧！”方臉大叔說。

第63章 • 粉紅色海豚

酋長帶領他們回到草屋後，緊接著又召集一批男丁離開。

"他們去哪裏？"叮叮問。

" 不知道。"悲傷阿姨翻找她的包，" 我得休息一下，想喝茶的舉手。"

她一問完，四隻小手齊刷刷舉了起來，可是等茶泡好後，其中一隻手的主人卻不見了。

"叮叮認為酋長行跡可疑，所以跟過去瞧瞧。"咚咚說。

"這孩子真是的，"悲傷阿姨搖頭，" 也不怕被雨林裏的猛獸給吃了。"

「我這就去找她。」方臉大叔起身。

結果一大一小直到太陽下山才跟著其他土著一起回來。

「他們把河水引進，藉以排除土壤中的鹽分。」方臉大叔一進屋便解釋。

「原來酋長聽懂了，可是你和叮叮怎麼這時候才回來？」悲傷阿姨問。

叮叮答因為他們與粉紅色海豚嬉戲，玩得太開心，所以忘了時間。

粉紅色海豚？這也太稀奇了！

「你們會不會看錯了？」馬力問。

方臉大叔答：「不會錯的，的確是粉紅色，土著還說那是他們的河神，呃⋯⋯我猜是這個意思。」

許久沒科普的行空也加入，他解釋這種海豚的學名叫粉紅瓶鼻海豚，之所以變成粉紅色是因為白化變異，另有一派則認為是廣泛攝入蟹類和貝殼的緣故。

看來粉紅色海豚真實存在，沒親眼目睹真是可惜！

此時一位赤裸著上身的女性捧來晚餐，芭蕉葉上除了魚、木薯、芭蕉、棕櫚樹

心外，還多了一個像烤雞的東西，會不
會……

"白雪～"行空大喊。

一個白色的影子飛進草屋內，眾人這才
鬆了一口氣。

第64章·烤雞

由於大船還沒來，這幾天他們也算是過上了雨林土著的生活。

一般人認為土著依靠狩獵捕魚為生，事實上部分部落也有簡單的耕種，只不過不足以裹腹，所以天一亮，這裏的男人還得外出捕獵，女人則待在家裏做家務，至於孩子們……他們到處嬉戲。

傍晚，當男人捕獵回來，女人會到河邊把獵物清洗乾淨，然後放在炭火上烤，這是當地人獲取蛋白質的主要來源。

這一天，馬力一行人發現土著孩子們正在玩一種遊戲，他們把竹籤放進一個細長的竹竿裏，用力一吹，可以射很遠。

叮叮使用肢體語言成功得到試玩的機會，其他人也小試了一下，包括方臉大叔和悲傷阿姨。

「這射擊挺有趣的，不過只能當遊戲玩，無法狩獵，因為竹竿太長了，等瞄準好，動物早跑了。」方臉大叔說。

誰知他話一說完，一個黑小孩跑進林子裏，再出來時，懷裏抱著一隻受傷的巨型蛙，看樣子是被竹籤給射中了。

那名土著孩子很高興地跑回家去，像中了頭彩。

當天中午，土著女人端來午餐，芭蕉葉上的食物没什麼太大變化，只是多出了曾經出現過的烤雞。

「雨林裏哪來的雞？」叮叮邊吃邊問。

「是呀！好像没見過。」悲傷阿姨附合，「不過這體型看起來似曾相識。」

這隻"雞"跟榴蓮差不多大，已經被烤得外焦裏嫩，這讓馬力聯想起什麼。

「它看起來有點兒……有點兒像黑小孩懷裏的蛙。」

馬力一說完，隨即死寂一片，緊接著行空"哇"的一聲吐出來。他一吐，叮叮和咚咚也跟著吐，方臉大叔和悲傷阿姨則露出噁心的表情。

若問戳破窗戶紙有什麼好處？那就是"雞"現在歸馬力一個人獨享，他吃得不亦樂乎。

第65章•密碼

今天是第五天，也就是換乘大船的日子。

一大早，土著女人端來早餐，芭蕉葉上有烤玉米和烤土豆，喝的是從牛奶樹樹幹上截取而來的汁液，它的氣味很難聞，但喝起來跟真的牛奶一樣。

第一個發現異樣的是叮叮，她說芭蕉葉怪怪的。

聽她這麼一提，大家把目光放在那片佈滿食物殘渣的綠色葉子上。

"這不就是……"行空說。

悲傷阿姨立刻將葉子搶下，答："大家趕緊收拾行李吧！"

馬力邊收拾行李邊問行空："你父母在看什麼？"

行空望一眼自己的父母，答："他們在研究密碼。"

"密碼？什麼密碼？"

"芭蕉葉上刻的是密碼，跟赤陶圓盤上的應屬於同一類，只是這密碼和我們原來星球上使用的不一樣，也不知是打哪兒來的。"

馬力想起來了，他們曾在馬丘比丘老山上的茅草屋裏發現一個圓盤子，上面的符號也是橫槓加圓點。

他放下行李，走向方臉大叔和悲傷阿姨，問："你們研究出什麼了嗎？"

"目前沒有。"

"那麼何不問問這芭蕉葉是從哪裏來的？"

這句話彷彿醍醐灌頂。

"沒錯，我們這就去問問。"方臉大叔興奮地說。

第66章·重返舊地

土著女人顯得很慌張，她以為自己做錯事了，等酋長一到，她才安靜下來。

經過很長一段時間的溝通才了解一些大概，原來女人的丈夫曾跟著酋長去沖刷鹽土，當休息時間一到，他坐在芭蕉樹下乘涼，偶然發現樹幹上有一些刻痕，覺得挺有意思的，於是把它複製下來，誰知道葉子後來被自己的老婆拿去使用了。

馬力還記得那片寸草不生的土地，只是沒料到附近還暗藏玄機。

“我認為有必要再回去一趟。”馬力說。

叮叮不苟同，因為大船馬上就要來了。

“拜託！”馬力分別看著方臉大叔和悲傷阿姨。

那兩人交換一下眼神後，決定重返舊地。

“這下子不知還要等多久才能登船！”叮叮埋怨。

然而錯過上船機會換來的卻是大失所望，因為除了樹幹上留下的“原稿”外，再無其他。

“我就說別回去，你們不聽，這下好了，得不償失。”叮叮嘟著嘴說。

方臉大叔要她別發牢騷了，既來之則安之。

“沒錯，與其抱怨，倒不如做點兒實際的。”悲傷阿姨取出包裹的白布，那上面已有從赤陶圓盤上拓印下來的符號，“讓我把上面的東西謄寫下來，回去好好研究一番。”

“妳要拿什麼寫？”咚咚問。

悲傷阿姨左看右瞧，發現腳下有幾朵小紅花，於是把花瓣摘下來，放在石頭上搗碎，再用手指沾著紅色汁液書寫。

這腦筋轉得真快，馬力佩服得五體投地。

"好了，"悲傷阿姨舉起白布展示，"大功告成了！"

"現在怎麼辦？回去嗎？"行空問。

悲傷阿姨答反正回去也趕不上乘船，倒不如看看粉紅色海豚長什麼樣。

這個主意太好了！

没多久，河邊傳來嬉笑打鬧的聲音。直到太陽落山，快樂的六口人才踩著夕陽的餘輝走上歸途。

第67章·河盜

一回到部落，立刻引起騷動，原來大船已經來到，而且等待良久，這讓他們愧疚不已。

負責接駁的依舊是那艘可坐10人的舢舨，只是船夫換上了五天前那個眼神飄忽的碼頭船工。

這下子馬力又有"上了賊船"的不妙感覺。

"原來的船夫呢？"上船後，叮叮壓低聲音問。

"可能有事不能來，"方臉大叔答，"只要能搭上大船，誰來都一樣。"

當初舢舨由寬約百米的河道拐入一條支流，行不到兩百米又拐入另一條更窄的河流，最後才來到部落，回去當然反著來，可是目前的方向明顯不對，本應該往東南去，卻往西北走，眼看越行越遠，悲傷阿姨不得不開口詢問。

那名站在船尾的人聽而不聞，繼續撐著長竹竿前進。還好沒多久便看見大船的影子，只是它不像渡輪或交通船，更像是一艘漁船。

"這船來得正是時候，否則我要以為遇上河盜了。"馬力說。

誰能想到一上大船就風雲變色，那幾名大漢要他們把身上值錢的東西通通交出來（說的是西班牙語，這難不倒悲傷阿姨）。

"識時務者為俊傑，我們還是給吧！"方臉大叔說。

"河盜們"不敢相信自己的眼睛，因為除了少量現金外，搜刮來的東西都是一些無用之物，譬如羅盤、望遠鏡、衣物、乾糧……等。

其中一名大漢說了一長串話，悲傷阿姨幫著翻譯，大意是他們很不滿意這個結果，打算綁架他們再勒索。

"勒索誰？我的父母行踪不明，你們的家人也只剩下巫老師一人，她好像没什麼錢。"馬力說完，方臉大叔和悲傷阿姨快速交換一下眼神。

"不會吧？！難道巫老師很有錢？"馬力問。

行空推一推他的黑框眼鏡，答："不能這樣理解，而是......"

"行空！"悲傷阿姨忽然大喊一聲，把在場的人全嚇了一跳，"呃！我的意思是......是你的雞好像怪怪的。"

馬力也注意到了，行空肩膀上的白雪此刻仰著脖子，翅膀往後伸去，彷彿隨時要做出什麼驚人的舉動。

忽然，一名男人上前抓住行空，雞則拍拍翅膀飛走了。

這個突發狀況讓大家亂成一團，尖叫聲四起。

方臉大叔和悲傷阿姨下意識去搶行空，結果馬力、叮叮和咚咚又被其他人給抱住。

“救我！”行空喊，他的腳下是潺潺流水。

行空一呼救，叮叮和咚咚不得不停止掙扎，反被兩名大漢給壓在底下，動彈不得。

“救我！”馬力也喊，他沒雙胞胎姐妹厲害，一開始就被控制住。

見大勢已去，方臉大叔和悲傷阿姨也只能服軟。然而“哀兵政策”不奏效，眼看就要“人為刀俎，我為魚肉”，此時白雪出現了，它用尖尖的喙戳這戳那，讓這幫大老爺們紛紛抱頭鼠竄，最終一一落水。

“快！發動馬達。”悲傷阿姨喊。

“好咧！”方臉大叔跳起，轉身鑽進駕駛室內。

第68章・搶來的船

船行駛了一段距離後，天色漸漸暗下來，馬力忽然想起一件事。

“這個方向對嗎？”他問。

“没錯，是這個方向。”方臉大叔答。

“你没看羅盤，怎麼知道？”

“不看羅盤也是可以的，南十字星就在右手邊，代表我們正往東行駛。”

馬力差點兒忘了還可以觀星象判斷方向，只是他又有了新的擔憂，瞧！這河面黑漆麻烏的，四周又没有燈塔，萬一撞上沙洲可怎麼辦？

方臉大叔很淡定地表示那也只能自求多福了。

馬力看了一眼方臉大叔，不確定他是否開玩笑。

"吃飯囉！"悲傷阿姨喊著。

方臉大叔要馬力先去吃，吃完好跟他換手開。

"你没開玩笑吧？！"馬力興奮極了，"真讓我開？"

"當然。不止你，叮叮、咚咚和行空也要學習，因為憑我一己之力是無法做到24小時都集中精神開船。"

聽完，馬力立刻衝出駕駛室。他要告訴其他孩子這個大好消息，同時盡快吃完飯，好開始人生的第一次駕船訓練。

第69章‧動彈不得

駕駛台上裝有雷達，衛星導航儀、計程儀及高頻通訊設備，當然還有不可或缺的駕駛盤和操作桿。

方臉大叔教導馬力如何駕船後，仍孜孜不倦地介紹其他更精細的設備。

"這個是垂直探魚儀，可以探測漁船下方的魚群和海底地貌；這個是網情儀，它能檢測到網情及魚情信息，以便合理調整網具；這個是漁用聲吶，它是水聲探測儀，可以對魚群進行搜索、跟踪、識別、定位和測距，實現瞄準捕撈；這個是……"

"方……葛叔叔，你還是先把晚餐吃了吧！再不吃就涼了。"馬力說。

此時方臉大叔才不再言語。

等他吃完，馬力其實已經開得很穩（這比打遊戲簡單多了）。

"晚餐的魚煎得好，哪來的？"方臉大叔抹去嘴角的油漬問。

"甲板底下有個儲藏室，捕來的魚都在那裏。還有，駕駛室上方曬著魚乾，什麼時候想吃都有。"馬力答，眼睛仍看著柔弱月光下的水面，一刻也不敢懈怠。

"他們現在在幹嘛？"方臉大叔又問。

這個"他們"指的是悲傷阿姨和其他三個孩子。

"在做打掃衛生的工作。對了，能不能問你一個問題？"

"你問。"

眼下只有他和方臉大叔，馬力終於逮到解答心中疑惑的機會。

"這個嘛……"方臉大叔聽完馬力的問題，面有難色，"我們也只是猜測而已，怕你無法接受，所以……"

馬力再三保證自己會自我判斷，同時控制好情緒，方臉大叔這才全盤托出。哪曉得這孩子聽完心一慌，讓船往左傾斜，情急之下又拉錯操作桿，這下子船隻加速撞上左側沙岸，動彈不得。

“怎麼回事？”悲傷阿姨衝進駕駛室問。

馬力心懷愧疚地答：“是我的錯，別怪方……葛叔叔。”

第70章·山窮水盡疑無路

他們曾在馬丘比丘老山上的茅草屋裏發現一個赤陶圓盤，這給馬力帶來希望，他認為那個盤子是父母刻意留下的線索，事實上一半可能是對的，另一半則不在馬力的認知範圍內。

"你的意思是那對夫妻的腳環是被外星人給套上的，目的是時刻能知道他們的行踪。"馬力問。

"是的。"

"證據呢？"

"印第安男人曾說有個金屬製的盤狀物停留在現場附近，已經損壞。我猜那是外星人的交通工具，因為發生故障，所以被迫停留在山上。"

馬力認為這個證據很薄弱，以訛傳訛的可能性很大，於是方臉大叔給出另一個看似更加可靠的理由，那就是赤陶圓盤裏的砹，這是一種經常出現在某星球上的非金屬元素，在地球上很少見，可是卻大量且完整地保存在盤子裏。

"某星球？哪個？"

"記不記得我曾說過的勇士節？馬爾星上的勇士為了捍衛星球而與外來物種激戰五日，最後大獲全勝的故事。告訴你，那個外來物種便是啟塔星人，他們來自一個富含砹的星球，當初之所以攻擊馬爾星就是為了搶奪馬爾星球上的黃金，顯然，他們現在的目光轉移到亞馬遜雨林中的黃金城和黃金湖上。"

馬力認為外星文明應該不致於為了錢財而發動戰爭才是。

方臉大叔解釋不是為了錢財，而是為了更深一層的目的。

"什麼目的？"

"黃金乃一種惰性材料，它不與其他物質發生反應，是絕佳的導電體及紅外線能量的反射物。拿黃金製作面板還可以保護飛行器不受大氣層的侵害，好處多多。」

馬力問既然這樣，啟塔星人自行尋找就可以，為什麼要控制那對夫妻？

「一開始可能為了解救地球……呃！說是保護黃金也許更貼切。現在則希望那對夫妻幫著尋找黃金，畢竟他們是外來物種，對地球還很陌生。」

「如果發現黃金，那對夫妻是否就能重獲自由？」

「這真不好說，為了保密，殺人滅口也是可能的。」

正因為這個回答，馬力一失神，讓漁船擱淺在沙岸上，成了罪人一位。

聽完來龍去脈，悲傷阿姨向方臉大叔埋怨：「這只是猜測而已，你怎麼就告訴馬力了？何況赤陶圓盤上的符號並不是外星符號，更像是地球人會使用的代碼。」

代碼？這讓馬力想起偵探小說中常提到的摩斯密碼。如果真的是，赤陶圓盤既告訴搜尋的人盤裏有非地球元素，還提醒人們去破解密碼，這很像科學家會有的思路。

行空聽完馬力的分析，表示只要有密碼
對照表，不難解開那些符號。

“就是沒有才糟糕呀！”馬力無力地說。

這個回答讓大家又陷入困境之中，頓時
鴉雀無聲。

第71章·巴西警察

"時間不早了，我們還是睡下吧！"方臉大叔說。

"睡哪兒？"叮叮問。

這艘漁船擱淺成45度斜角，睡在上面恐怕不會太舒服。

"想睡哪兒就睡哪兒，只要別離船隻太遠。"悲傷阿姨宣佈。

結果四個孩子全下船去。

"看來他們想在河邊紮營。"方臉大叔對悲傷阿姨說。

"也罷，我們加入他們吧！"

隔天，馬力被吵雜的聲音給吵醒。當他張開眼睛時，發現帳篷內只有他一人。

"怎麼行空也這麼早起？"他邊想邊迅速爬起。

沒想到一走出帳篷，馬力即刻被穿制服的人給控制住。

"這是怎麼回事？"馬力問葛家人。

"不清楚，和他們語言不通。"悲傷阿姨答。

穿制服的人又一一檢查帳篷及船隻，直到確認沒人，才押著他們往樹林內走去。

馬力害怕極了，這該不會是條不歸路吧？！

"咕咕……咕咕咕……"白雪在空中盤旋，叫聲不絕於耳，似乎也在擔心他們的安危。

此時有人拿起手槍瞄準白雪，行空見狀衝了上去，結果被一記拳頭給打倒在地。

是可忍孰不可忍？葛家人和馬力全加入混戰，若不是有人鳴槍示警，這場惡鬥還會持續下去。

狀況又回到原點，穿制服的人繼續押著他們前進，只是白雪不見了，但咕咕咕的叫聲歷歷在耳，從聲音判斷，應該離他們不遠。

當他們走出樹林，眼前是一條泥巴路，越走越熱鬧，不僅人多了起來，賣各種雜物的小攤也出現了。

"這是哪裏？還有，他們到底是什麼人？"叮叮邊走邊問。

"我猜這裏是巴西，他們是警察。"馬力答。

咚咚問他怎麼知道？

馬力指著前方，說："那棟建築物看起來很像公家機關，屋頂還插著巴西國旗。再看他們身上穿的制服及佩戴的手槍，應該是警察沒錯。"

行空推一推他的黑框眼鏡，問："警察抓我們幹嘛？"

這也是馬力的疑問。

第72章·摩斯密碼

巴西的官方語言是葡萄牙語，馬力和葛家人皆不懂，所以交流起來非常困難，跟"雞同鴨講"沒兩樣。還好後來來了一個看起來位階比較高的人，他會講西班牙語，這太好了，至少能跟悲傷阿姨溝通。

幾分鐘後……

"兩個禮拜前他們接到報案，說是亞馬遜河上有漁船被河盜搶了去，經過核實，正是那艘擱淺的船隻，所以懷疑我們是河盜。"悲傷阿姨轉述。

"可是……"眾人齊說。

"我知道，我解釋過了，但他還需要更多證據，所以我說回去找找，也許包裹還有登機牌，這足以證明那個時間段我們正身處秘魯，不可能是河盜。」

馬力問如果找不到登機牌呢？

「那也只能自求多福了。」悲傷阿姨答。

走了一段長路，他們終於又回到漁船上，可惜即使把包裹的東西全翻出來放地上，依舊找不到登機牌。

那名警察把地上的白布拾起，看了好一會兒後，問了幾道問題。悲傷阿姨一一作答，接著他作沉思狀。

「媽，他問什麼？」叮叮首先發言。

「他問上面寫什麼？我答那些符號是從盤子和樹幹上拓印及複寫下來的，我也不知寫的什麼。」

「妳何不告訴他可能是摩斯密碼？」馬力停頓了一下，「我的意思是警察也許懂這個。」

沒等悲傷阿姨想好該怎麼表達，那名警察說了一長串話，悲傷阿姨的眼睛漸漸亮了起來。

「媽，是不是有線索了？」行空問。

“哈！馬力猜得没錯，真的是摩斯密碼。”悲傷阿姨興奮地答。

第73章·尋找地球破洞

在那名警察的解說下，他們終於知道白布上灰色密碼寫的是：馬爾、李文和外星生物到此一遊；紅色密碼寫的則是：地球破洞。

聽到父母的名字，馬力哭得上氣不接下氣。

那名警察一頭霧水，悲傷阿姨只好把他拉到一旁解釋。

"馬力，"方臉大叔拍拍他的肩膀，"這是好事，不是嗎？"

接著叮叮、咚咚和行空分別安慰他。

馬力擦乾眼淚，說：“我不哭了，你們說的沒錯，這是好事，我應該高興才對。”

警察走後，悲傷阿姨要他們收起帳篷，準備出發。

“去哪兒？”叮叮問。

“去找地球破洞。”悲傷阿姨答。

洛桑博士在他所寫的《瑪若依國—傳說中的黃金國》一書中曾經提到“地球破洞”，如今父母留下的線索中再度提及，可見“地球破洞”與黃金國脫不了干系。

等他們收好帳篷，又將擱淺的漁船推入河中，悲傷阿姨這才表示漁船只能開到馬瑙斯，接下來得另找別的交通工具。

“為什麼？”馬力問。

“這艘船是搶來的，理當歸還。警察說他會通知船東接收，地點就在馬瑙斯碼頭。”悲傷阿姨解釋。

行空接著問馬瑙斯在哪裏？

方臉大叔答：“那是巴西的河邊城市，只要沿河東去，不難發現。”

“那還等什麼？”馬力首先登船。

第74章 • 蟲洞

當船隻的馬達開始發動，他們同時聽到翅膀拍打空氣的聲音。

"你的雞回來了。"馬力說。

"我知道。"行空不無驕傲地答。

船上的生活其實挺無聊的，每天除了吃喝拉撒睡及不定時會輪到的駕船工作外，就只剩"遠距離"探險了。

"哇噻！這條蛇真長，大概一口氣能吞下五個馬力。"叮叮說。

聽到自己的名字，馬力一把搶回望遠鏡。

"哇噻！蛇鱷大戰，精彩精彩！"馬力邊使用望遠鏡邊說。

"馬力，能讓我看看嗎？"行空問。

於是馬力把望遠鏡交給他。

行空觀察過後表示那條蛇叫森蚺，是世界上最長的蛇，與它相鬥的是死對頭凱門鱷。凱門鱷會捕殺未成年的森蚺，而當森蚺成年後又會反撲殺凱門鱷，兩者相互殘殺能達到生態平衡，否則亞馬遜雨林中的很多生物都會被這兩種水中惡霸給滅絕了。

"行空，你怎麼什麼都知道？"馬力甘拜下風。

"我也有不知道的部分，和其他更高級的外星生物比，根本不值一提。"

提到外星生物，馬力要他不妨介紹一下他們的長相（當然，馬爾星人除外）。

行空表示每個星球上的生物都擁有不同的長相。

"那麼就談談曾攻擊馬爾星的啟塔星人吧！"馬力說。

在行空的描述下，馬力終於知道啟塔星人的大致長相，他們的左右手各有五根非常細長的手指（比人類的要長上約30%），腳趾之間有蹼，頭很大，無一根毛髮，上面的血管清晰可見，身高普遍在一米四左右。

「啟塔星距離地球多遠？」馬力接著問。

「它屬於罔罟座啟塔網狀星系，距離地球大概39光年。」

馬力感到迷惑，如果以光的速度前進，啟塔星人起碼要39年才能抵達地球，這……

行空解釋宇宙中有蟲洞，能連接兩個不同的時空。換言之，通過蟲洞可以做瞬時的空間轉移或時間旅行。

「你說的好深奧啊！」馬力皺起眉頭。

「理論是比較艱澀，但只要達到那個級別，實行起來並不困難，好比馬爾星爆炸後，我們也是一下子就抵達地球，而爆炸後產生的核輻射卻要一年後才會到。」

原來如此，馬力還以為葛家人搭乘的是超光速飛行器，結果比那個還要先進。

「萬一啟塔星人成功取得黃金，並且通過蟲洞回到他們的星球，會不會一併將我父母帶走？」馬力又有了另一層擔憂。

“這個嘛……”行完推一推他的黑框眼鏡，“是有這個可能性，所以我們得趕在前面解救你的父母才行。”

第75章・馬瑙斯

不知道行駛了多少天，安靜的亞馬遜河才又漸漸熱鬧起來。瞧！小舟、客輪、郵輪、水鳥……等，平添了許多生氣。

又往前開了一小段，他們終於看見久違的現代化房子和停泊在河岸的大小船隻。

"這是哪裏？"馬力問。

"根據導航儀，應該就是馬瑙斯了。"方臉大叔答。

原來已經到了目的地，按照約定，漁船的船東應該會在碼頭等他們。

"看！那是什麼？"叮叮喊著。

眼前的河水很混濁，一半像黑咖啡，另一半則加了奶。

行空推一推他的黑框眼鏡，答：“深色的是黑河，淺色的是索里芒斯河，我們正處於兩河交界處。”

馬力感到好奇妙，怎麼會是兩種顏色？

行空進一步解釋那是由於兩條河流的水溫、密度和流速不同，以致形成一條明顯的邊界。這條邊界最終會在巨大的漩渦和急流的作用下消失，但那是幾公里以外的事了。

看完奇特的景觀，他們又發現這裏的碼頭也很奇怪，竟然是浮動的。

方臉大叔介紹這是全世界最長的浮動碼頭，全長約一千多米，之所以浮動是為了順應漲落幅度過大的水位。

除了浮動碼頭，他們還看到浮動商舖及高腳屋，再遠一點兒則是跨河大橋。

“看！那又是什麼？”叮叮又問。

她指的是一棟橙白雙色的葡式建築，在四周稍嫌破敗的景像中顯得相當突兀。

“那是海關大樓，我們過去瞧瞧吧！”方臉大叔將漁船減速。

上岸後，他們被一群人給團團包圍住。

"他們是這艘漁船上的漁夫，不敢相信被搶走的船又回來了。"悲傷阿姨轉述。

方臉大叔問哪位是船東？悲傷阿姨指向一位矮胖的男子。

"糟糕！我該怎麼判斷船真的是他的？"方臉大叔喃喃道。

叮叮答這簡單，問他們河盜長什麼樣？

然後"橫眉怒目"、"殺氣騰騰"、"凶神惡煞"、"滿臉橫肉"、"心狠手辣"……紛紛出籠。

這些答案其實很虛，但方臉大叔接受了，允許他們登船。

"方……葛叔叔，那些人根本沒描繪出一個具體的形象，你怎麼就……"馬力問。

"你沒看到他們氣憤的樣子嗎？這就足以證明了。"

是呀！馬力打從心底佩服方臉大叔的睿智。

此時的碼頭很忙碌，來自雨林深處的農副產品正急著被運走，而裝滿機械、礦產與電子設備的巨輪則頻繁停靠，實在不宜久留。

"走吧！"悲傷阿姨催促，"看完海關大樓，我迫不及待想吃頓好的。"

"媽，我不想吃魚。"行空說。

也難怪他會有此要求，在船上的這幾天，他們天天吃魚，連身上都帶著魚腥味。

"當然，"悲傷阿姨轉看行空肩膀上的雞，"我們只吃四條腿的，對吧？"

白雪咕咕咕地叫，似乎贊同她的答案。

第76章·農貿市場

他們全望著眼前這棟橙白相間的樓房發楞。

"中國人？"一個年輕女孩忽然問。

"不是。"、"是。"。

面對兩個截然不同的答案，梳著骯髒辮的女孩露出迷惑的表情。

"我是中國人。"馬力挺起胸膛說。

"那就好，"她把眼睛笑成彎月型，"你們看的這一棟是海關大樓，它的一磚一瓦都是從英國運來的，以前還曾起到燈塔的作用。"

馬力問她是不是華僑？

"我是華僑第二代，所以普通話還没忘光。對了，我還有個中文名叫黎花，黎明的黎，太陽花的花。"

叮叮遂問黎花："這棟樓開放參觀嗎？"

她回答："當然。"

於是他們走進海關大樓，發現裏面有很多圖片及文字介紹，也因此得知16世紀時馬瑙斯還只是個小村落，到了1912年就躍居世界橡膠出口量的首位，現在所看到的奢華建築幾乎都是那個富到流油的時期所建造的。然而好景不長，自從橡膠在東南亞種植成功後，馬瑙斯便迅速衰退，直到巴西在此設立首個自由貿易港，這個城市才重獲新生。

"原來背後還有這麼一段故事，難怪我感覺這個城市怪怪的，繁華和破敗並存，而碼頭又忙碌地超乎尋常。"咚咚說。

咚咚一向是叮叮的應聲蟲，難得發表那麼一長段鞭辟入裏的感言，讓人頗為詫異。

走出海關大樓，没料到黎花還待在原地等他們。

"這裏的農貿市場挺有特色的，我可以帶你們過去瞧瞧。"她說。

悲傷阿姨問農貿市場有賣吃的嗎？她笑瞇瞇地答："當然有。"

他們一行人走進墨綠色鐵藝所建造的農貿市場，裏面還維持著百年前的模樣，連販賣的東西也很接地氣，譬如亞馬遜雨林裏的草藥、巫術用品、各種不知名的果實與根莖、橙黃色的木薯汁……

"咕咕……咕咕咕……"一位梳著兩條烏黑辮子的印第安婦女突然抓住白雪，惹得它咕咕咕地叫。

悲傷阿姨走上前交涉，可惜對方講的不是克丘亞語，而是另外一種語言（也難怪，分佈在美洲的印第安人有上千個族群，語種非常複雜，分屬上百個語系）。

"她說這隻雞有靈性，做成祭品一定靈驗，所以想用100雷亞爾買下它。"黎花幫忙翻譯。

雷亞爾是巴西通行的貨幣，100雷亞爾約等於168元人民幣。

"開什麼玩笑？"行空將雞搶回，"兩個億都不賣！"

無怪行空會生氣，白雪曾與他們一起歷經磨難，怎能拱手相讓？

買賣雖沒成，不過倒讓他們留意起"女巫"攤位。瞧！仙人掌、玩偶人像、石質護身符、乾蟾蜍、猴子頭、蟒蛇皮、大象尾巴、貓頭鷹的羽毛、流產的羊駝胎⋯⋯等，不一而足。

"這些東西都是用來解決生活難題，只要客人提得出來，都有相應的商品出售。"黎花附加說明。

"其中有沒有治肚餓的？"叮叮問。

黎花莞爾一笑，回答："這個我有辦法治，不需要女巫。"

第77章·黎花

"這是黑豆飯，可說是巴西的國菜，没吃過等於没來巴西。作法是將黑豆、鹹肉、香腸、豬蹄、豬口條、豬尾巴、豬耳朵、豬排骨、煙熏乾肉等一同放入泥鍋裏小火燜燉，熟了之後再撒上木薯粉、橙子片，最後就著米飯、甘蘭菜和奶油木薯麵一起食用。"

"這是馬黛茶，是亞馬遜河流域特有的飲料，可以提神醒腦、消暑降熱以及幫助消化。"

馬力以為經歷那麼多天的河上生活，第一餐會很豐盛，没想到用餐環境一般也就罷了，連吃的東西也無從選擇。

結果黑豆飯一入口，整個舌頭立刻跳起舞來（這是葛家人第一次在外使用勺子吃飯，用得還挺好的）。

"簡直太鮮了！好久沒吃到這麼好吃的東西。"悲傷阿姨說。

其他五人紛紛點頭表示贊同。

"你們運氣好，黑豆飯只有週末才供應。"黎花解釋。

"既然這麼好吃，為什麼不天天供應？"馬力接著問。

黎花答那可不成，黑豆飯採用的都是高熱量、高蛋白的食材，加上黑豆本身比較不容易消化，若天天吃，腸胃會受不了。

現在馬力已經不抱怨吃得不好，反而擔心吃得太好而消化不良。

等大家都吃飽喝足後，黎花說要帶他們去參觀歌劇院。

馬力心想她未免也太熱心了？但葛家人似乎沒察覺到有什麼不妥，他只好把疑問藏在心裏。

在黎花的介紹下，他們對那座被巴西人引以為傲的百年歌劇院總算有了初步的了解。原來在馬瑙斯最輝煌的橡膠時期，暴富的歐洲商人決定在馬瑙斯複製一個全新的歐洲城市，歌劇院便是其中最具代表性的建築珍品，不論硬裝或軟裝都所費不貲，包括來自阿爾薩斯的天花板、來自巴黎的傢俱和針織品、來自意大利的大理石台階、廊柱和雕塑、來自英國的鋼製品……等。

"你們看，"黎花手指前方，"歌劇院門前是聖塞巴斯蒂安廣場，地面鋪滿了波浪形狀的黑白兩色碎石馬賽克，代表黑河和索里芒斯河在此交匯，而中央豎立的航海紀念碑，四面都有一個船頭突起，分別代表美洲、亞洲、歐洲和非洲，寓意是滿載橡膠的輪船正向四大洲前行……"

待黎花說完，方臉大叔給了她小費，同時表示她是個好導遊，讓大家受益匪淺，謝謝！

這位華僑第二代露出詫異的表情，但仍收下小費。

"你們接下來想去哪裏？是雅烏國家公園還是拜訪亞馬遜雨林的土著部落？"她問。

"其實我們想找黃金……"

叮叮話還沒說完，被悲傷阿姨給制止了
。

“原來你們也是洛桑博士的追隨者。”
黎花說。

此話一出，大家驚呆了。

黎花表示這沒什麼好驚訝的，《瑪若依
國—傳說中的黃金國》一書出版後，吸
引了全球的冒險家和尋寶人前來碰運氣
，早見怪不怪了。

“其實我們是為了救……”

咚咚話還沒說完，被悲傷阿姨給制止了
。

方臉大叔緊接著對黎花說：“謝謝妳，
我們就此道別吧！”

“等等，”她的目光游移了一下又回來，
“我知道黃金國在哪裏，跟我來吧！”

正當葛家人歡欣鼓舞，慶幸“踏破鐵鞋無
覓處，得來全不費功夫”時，馬力隱隱感
到不安，因為黎花剛剛望著的是向他們
走來的巴西警察，而此時的她正被六個
人包圍著，起到很好的屏障作用。

“她到底是什麼來歷？”馬力心想。

第78章•雅烏國家公園

黎花說雅烏國家公園最初只限於雅烏河和黑河的匯合處，後來雅烏河逐漸往右拓展，一直延伸到卡拉賓那尼河流的入口處，接著輾轉再與黑河相遇，其規模也因此擴大，最終成為亞馬遜盆地最大的國家公園……

"妳為什麼要提起這個國家公園？"叮叮問。

"因為經過雅烏國家公園就能抵達黃金國。"她答。

原來如此！

"那麼我們要如何到達雅烏國家公園？"方臉大叔問。

“通常遊客會租船沿著黑河而上，大概18個小時後就能抵達。”

“18個小時？”六個人齊呼。

黎花說也可以租高速遊艇，速度會快一倍，但她不建議這麼做，因為會吐到懷疑人生。

話甫歇，他們同時望向最虛弱的行空。

“我無法保證自己不會吐。”他答。

於是方臉大叔決定租用普通船隻。

當他們上船時，天朗氣清，河面平靜，一切看起來是那麼的美好，然而這不過只是假象，水下暗藏著無數的礁石淺灘，稍不留意就會船毀人亡。

正當馬力佩服船老大的技術嫻熟時，大雨翩然而至，一點兒預警也無，讓人體會到什麼叫“雨打得睜不開眼睛”。

“你看那個開船的。”行空在馬力耳邊低語。

馬力努力將眼睛睜開一道小縫，這一看不得了，原來船老大也閉上眼睛了。

這如何是好？萬一撞上沙洲可慘了，輕則擱淺，重則翻覆，他可不想和食人魚或凱門鱷在水裏共游。

還好雨林裏的雨來得快，去得也快，不一會兒又雨過天晴，只是陽光呈橙紅色，看樣子夜晚即將來臨。

"希望今晚能睡個好覺。"馬力心想。

第79章 • 離家出走的女孩

一眨眼，河流兩岸的熱帶叢林鬱鬱蔥蔥，耳中盡是百鳥爭鳴的聲音，再仔細一瞧，河面上已有幾艘小船在行駛，看來想上國家公園一遊的人不止他們七人。

"我餓了。"馬力說。

"吃點兒肉乾吧！"悲傷阿姨答完，轉向黎花，"妳要不要也吃點兒？"

黎花毫不客氣地拿走悲傷阿姨遞過來的整袋肉乾，並且風捲殘雲地全吃光。

"那是好幾天的糧食。"行空咋舌。

"多少錢？我付！"黎花答

這根本不是錢的問題，萬一接下來找不到吃的，豈不麻煩？

黎花一聽，立刻表示國家公園內有住宿的地方，吃喝都能補給上。

"看來妳不是第一次來這裏，以前是和誰一起來的？"方臉大叔問。

此時噠噠噠的直升機從頭頂低空飛過，黎花趕緊低下頭去。

"這裏怎麼會有直升機？莫非有錢人蒞臨？"叮叮問。

行空糾正那架不是民用直升機，因為機身上寫著葡萄牙文Polícia，乃"警察"的意思。

黎花的頭更低了。

正當眾人上岸，準備進入公園時，忽然發現黎花沒跟上。

"妳怎麼了？"悲傷阿姨走過去，同時掏出一件帶帽的薄外套，"天氣熱，穿上吧！"

這番話有語病，天氣熱幹嘛還穿外套？但黎花無異議，不僅穿上外套，還戴上帽子，剛好遮住她的骯髒辮。

來到檢查站，他們六人很有默契地將黎花團團包圍住，看來不止馬力看出了不對勁。

直到確認四下無人，庭審才開始。

“孩子，這是怎麼回事？”悲傷阿姨首先發問。

“我……我本來只想離家出走幾小時，遇到你們之後，決定將時間延長。”她答。

“那些警察是來找妳的嗎？”方臉大叔接著問。

“不知道。巴西販毒猖狂，也有可能是尋找毒梟，並非我。”

悲傷阿姨表示不管如何，黎花都得回家，她的家人現在恐怕已經心急如焚。

咚咚問：“黎花若回家，誰帶我們尋找黃金國？”

“妳傻呀！”叮叮取笑她，“那是藉口，她根本不知道黃金國的下落。”

“我知道……”黎花衝口而出，“我……我知道地球破洞在哪裏。根據《瑪若依國—傳說中的黃金國》所言，黃金國離地球破洞不遠。”

洛桑博士的確曾表示自己在抵達黃金國之前看過地球破洞，團隊中還有人被“吸”了進去。

這下子他們陷入兩難，於是黎花表態：「我已經是成年人了，可以為自己的行為負責。反正我是不會回去的，至少目前不會，你們若想跟我走就一起來，不勉強。」

直到黎花走遠，成了一個小黑點，方臉大叔才想起來用投票表決的方式定奪，結果四隻小手齊刷刷舉起。

「看來即使我倆投反對票也無濟於事。」悲傷阿姨對方臉大叔說。

第80章·大禍臨頭

他們在公園附設的住宿場所購買了一些吃食，緊接著又趕路。按照黎花的說法，地球破洞在卡拉賓那尼瀑布的上游，他們只要沿著河流往上走便是。

貌似這個行程很簡單，實際上卻非易事，因為這裏的樹普遍低矮（所以得經常弓著腰行走），加上天氣悶熱，像在洗桑拿，個中滋味只有親身經歷才會懂。還好雨林裏的動物時不時給他們帶來樂趣，譬如在林間竄來跳去的猴子、蹲在樹上一動也不動的樹懶、在河中打轉的水獺、趴在浮木上曬太陽的烏龜、眼帶殺氣的鱷魚……

在走完三座吊橋後，他們終於聽到萬馬奔騰的聲音。

“這是瀑布，我們終於到了。”叮叮興奮地說。

走近卡拉賓那尼瀑布，那長達數百米的水流從天而降，果然雄偉，讓馬力想起唐朝大詩人李白的詩句：飛流直下三千尺，疑是銀河落九天。

“黎花，接下來該怎麼走？”方臉大叔問。

她指向瀑布最頂端，表示只要爬到上面，再往前走約一公里就到了。

“妳當年是怎麼爬上去的？”叮叮問黎花。

“我是從直升機上俯瞰的。”她答。

直升機？這個答案太奇怪了！

“妳家該不會是做直升機租賃業務的吧？！”馬力問。

“這倒沒有，只不過我繼父是警察局局長罷了。”

此話一出，馬力和葛家人面面相覷，感覺大禍即將臨頭。

第81章・突如其來的大火

歷經千辛萬苦，他們終於爬上瀑布頂端，眼前是一條無法望到源頭的河流。

"這也太恐怖了，行經這裏的魚類或其他生物恐怕沒料到前面是不測之淵。"方臉大叔不無感慨地說。

"怎麼不立一個警告標誌？"馬力喃喃道。

叮叮和咚咚笑得前仰後合

"笑什麼？"馬力怒目相視。

"動物怎麼看得懂警告標誌？就算看懂了，你以為它們來得及往回游？"叮叮答。

馬力糗死了，恨不得挖個地洞鑽進去。

“好了，別笑話馬力了，我們還是趕路吧！”悲傷阿姨適時伸出援手。

還好這段上坡路相對好走些，不僅沒有泥濘及橫七豎八的藤蔓，路上還有不少果實可摘，既解渴又飽肚。

走了約莫一公里路，他們果然看到“地球破洞”。方臉大叔將一根粗樹枝扔進水裏，它真的被“吸”了進去。

“耶！”叮叮鼓掌，“是地球破洞，太好了！”

行空推一推他的黑框眼鏡，答：“這是洩洪口，由於通道口被河水淹沒，所以看不到人造建築，其實水都流向地底深處。”

馬力也認為不是“地球破洞”，如果是，當年沒被“吸”進去的洛桑博士恐怕完成不了《瑪若依國—傳說中的黃金國》一書，因為他所坐的船早沿瀑布而下，然後一頭栽進萬丈深淵裏。

這個結果無疑讓人氣餒，他們全癱坐在地上。

不一會兒，一股熱浪滾滾來襲，伴隨的還有各種動物的慘叫聲及鳥兒振翅而飛的身影。

"這是怎麼回事？"行空問，因為白雪也在空中盤旋。

此時黎花靈光乍現，她驚慌失色地喊著："快跑！怕是著火了。"

馬力聽過火燒山，但多數發生在乾燥的季節和環境中，想不通為什麼潮濕的雨林也會發生火災，太不可思議了！

懷疑歸懷疑，但逃命要緊，只是該往哪裏逃？馬力一點兒頭緒也無。

"快！跟著白雪就是。"行空喊著。

那隻雞正往河流上游飛去，他們緊隨其後。

第82章·拉諾斯大草原

馬力從没想過大火蔓延的速度會如此之快，伴隨繚繞的黑煙及高溫，簡直要人命！

"救我！"

馬力一回頭，行空已經在河裏載浮載沉，也不知是什麼時候掉進去的。

方臉大叔正準備跳河救人，白雪的動作比他還快，它叼起行空的後衣領，騰空飛起。

"哇噻！這是什麼神仙操作？"馬力心想。

"還不快跑？！"

被黎花點醒後，馬力立刻飛奔起來，方向倒不難找，只要跟緊天上的"飛人"就行。

也不知跑了多久，他們終於來到一個山谷，貌似這裏就是黑河的源頭。

"原來這裏就是河流的發源地，我還以為水是從哪裏冒出來的呢！"馬力說。

行空推一推他的黑框眼鏡，答："山體沒有很大的縫隙讓水進入地下，所以當降雨或冰川融化後，水會留在地表上，這裏一些，那裏一些，最後匯集成河。"

此時行空的臉色依然蒼白，但說話條理清晰，應該已經沒有大礙了。

"行空，你應該謝謝你的雞。"馬力有感而發。

"我知道，"他撫摸白雪的頭，"没有它，我早淹死了。"

"請問……"黎花一開口，12隻眼睛齊刷刷對準她，"請問這隻雞是不是有超能力？"

她的問題也是大家的疑問。

方臉大叔答："世界上有很多未解之謎，白雪算一個，潮濕的雨林發生大火也是。如果一個個去探索，恐怕一輩子都探索不完。”

“我同意世界上有很多未解之謎，譬如一個月前馬瑙斯的天空就曾經出現過一個盤狀物，搞得全市大停電，到現在還有人議論紛紛。不過雨林發生大火一事我倒可以解釋，那是因為有些土著會通過火燒的方式來清理田地，稍一不慎就釀成火災了。”

聽到“盤狀物”三個字，其他六個人已經不在乎大火是怎麼燒起來的了。

“黎花，妳再講講盤狀物，越仔細越好。”悲傷阿姨說。

“那個東西大約是在晚上8點鐘時出現，一個小時後才消失。在那個時段裏，不僅造成大面積停電，無線電通訊設備也受到明顯干擾。對了，當它飛過月亮時，人們仍然可以透過它看到月亮的大致輪廓，所以我猜這個東西應該是半透明體。”她答。

馬力看到方臉大叔和悲傷阿姨快速交換一下眼神，他已了然於胸。

“然後呢？盤狀物消失後，還有異象嗎？”馬力接著問。

黎花想了想，回答沒有，除了拉諾斯大草原上有奶牛被殘忍肢解外……

悲傷阿姨的眼睛亮了，又要她再講仔細點兒，於是黎花把那個血淋淋的場面描述了一遍，包括奶牛被割去舌頭、肛門、生殖器、耳朵……等。

方臉大叔又和悲傷阿姨交換一下眼神，然後問：“拉諾斯大草原離這裏遠嗎？”

黎花答不遠，就在奧里諾科河谷附近，走路五天就能到。

“奧里諾科河谷？我怎麼覺得這個名字好熟悉？”馬力喃喃道。

行空答：“洛桑博士為了重回黃金國，曾從圭亞那高原深入到奧里諾科河谷，再沿埃塞奎博河、德梅拉拉河、伯比斯河南下，直至著名的魯普努尼草原。”

果然没錯，洛桑博士的足跡曾經到過那裏。

“看來我們得上拉諾斯大草原瞧一瞧。”方臉大叔說。

第83章·抵達拉諾斯大草原

想要抵達拉諾斯大草原，首先得找到奧里諾科河谷，而奧里諾科河經過亞馬遜雨林。換言之，他們又行走在世界上最險惡的地區。

"看！好可愛的青蛙，皮膚像玻璃一樣通透，幾乎可以看到它的血管。"黎花說完，伸手過去。

"別碰！"行空開口制止，"一旦被它咬了，瞬間就會麻痺死掉。"

沒過多久……

"哇！好美的小白花，像一個個白色的小鈴鐺。"黎花說完，又伸手過去。

“別碰！”行空又開口制止，“這種花叫山谷百合，全身都帶毒性，一旦誤食，立馬升天。”

“渴死了，喝口水總可以吧？！”黎花說完，蹲下身去。

“別碰！”行空三度開口制止，“這水難保沒有寄生蟲，還是煮開了再喝比較保險。”

黎花無奈地表示難怪亞馬遜雨林會被稱為“人類的禁區”，這個不行，那個也不行，簡直處處是陷阱。

方臉大叔說一件事有兩個面，就因為這個原始森林非常可怕，拖住了人類前進的腳步，從而保護了地球上的稀有物種。從這個角度看，未嘗不是好事。

走了五天五夜後，他們終於來到一個幾乎無樹的大草原。

“這可是拉諾斯大草原？”馬力問。

方臉大叔拿出羅盤，一番操作後，答：“應該就是這裏了。”

放眼望去，樹木全集中在河流兩岸及山麓，開闊的大草原上只零星點綴著低矮的櫟樹和可可樹。

此時，方臉大叔要大家報數（黎花是新進人員，按照年齡，她排在悲傷阿姨的後面）。行空最小，當他報完，咕咕聲響起，代表白雪也加入報數。

"太好了，都在。"方臉大叔精神奕奕，"眼看太陽快落山了，大家分頭去找樹葉、乾草或枯枝，咱們就地升火吧！"

"好咧！"他們全動員起來。

第84章·El Silbón

吃飽喝足後，他們圍著火堆躺下，滿天星斗，像極了灑在黑絨布上的鑽石。

没多久，一個很空靈的聲音出現了，一會兒在東，一會兒在西，一會兒在南，一會兒又在北。

"這是什麼聲音？"叮叮坐起，左顧右盼，"好像有人在敲擊......敲擊金屬物。"

馬力認為這個形容很貼切，伴隨回音，讓人一時找不著北。

"問題是有誰會在荒郊野外發出這樣的聲音？"咚咚問。

此時黎花抱緊身旁的悲傷阿姨。

“孩子，妳怎麼在發抖？”悲傷阿姨問。

“那是……那是El Silbón，他正在尋找獵物。”

El Silbón？這是什麼？是人名還是動物名？

在馬力和葛家人的追問下，他們終於知道El Silbón是草原中的鬼魂，通常會坐在樹下，手裏拿著掃把，嘴裏吹著口哨。當動物或人類被他的聲音吸引來到樹下，他便用掃把襲擊，再把獵物撕成碎片扔進麻袋裏，而他的麻袋永遠也裝不滿……

“黎花，那只是傳說而已，何況這聲音根本不是口哨，更像是……”方臉大叔住嘴了。

“更像是什麼？”馬力問。

“更像是飛行器飛行的聲音。”行空答。

黎花問什麼飛行器？

“飛機，”馬力搶著說，“當然是飛機，呵呵！”

黎花還想再問仔細點兒，其他六人很有默契地說累了，想睡覺。

當鼾聲四起，馬力卻睡不著，他的內心有小激動，如果綁架父母的飛行器就在附近，代表他離父母不遠了。

“希望我爸媽都無恙。”馬力祈禱著。

第85章•恐鶴

一路上，他們看到很多食肉動物，像是美洲獅、棕狼、小耳犬、草原貓、山狐……等；食草動物也有，像是短角鹿、駱馬、西貒、貘……等；其他還有一些南美洲特有的動物，譬如犰狳、水豚、葉口蝠、狹鼻猴……等。

"哇！好像在看CCTV頻道的《動物世界》，"馬力衝口而出，12隻眼睛齊刷刷對準他，"呃！我說的是中國的官方電視頻道。"

"請問……"黎花開口了，此時大家的目光轉向她，"請問你們的雞是不是有超能力？"

如果馬力記得没錯，這是她第二次問同樣的問題。

行空答：" 倘若妳指的是它保護我們免受草原動物的襲擊，答案已經明擺著。當然，它的超能力可不止此，具體能達到什麼程度，我們也在了解中。"

然後黎花"斗膽"問行空能不能把雞賣給她？在行空拒絕前，馬力問她出價多少？

"十根金條。"

"妳哪兒來的金條？"

"只要找到黃金國，還怕沒有金條？"

這個答案讓馬力思考起他們為什麼要尋找黃金國？起初當然是為了尋找他的父母，後來發現亞馬遜雨林中有這麼一個神秘古國存在，加上葛家人提及綁架他父母的外星人也許正在尋找黃金，所以……

歸根結底找人是目標，黃金國不過是線索，顯然在黎花眼裏，黃金國才是目標。

"看！那是什麼？"咚咚手指著前方。

他們同時看到一匹小馬在奔騰，背後則有一隻約三米高的奇怪鳥類在追趕。小馬根本跑不過這隻巨型鳥，不一會兒便被它的鈎狀喙給咬住，鮮血直流。

"嘖嘖嘖！"叮叮搖頭，"真是慘烈！"

雖然弱肉強食乃大自然的定律，馬力還是不忍直視。

"那是什麼鳥？怎麼光跑不飛？"咚咚問。

"那是恐鶴，一種巨型的肉食性鳥類，雖然有長長的腿和覆蓋全身的羽毛，但不會飛，跑倒是很快，每小時能達到70公里，可是……"行空推一推他的黑框眼鏡，"可是這種生物在第四次冰河期期間就已經滅絕了。"

馬力感到很不可思議，滅絕的鳥兒竟然又復活了？

叮叮和咚咚聽完捧腹大笑。

"笑什麼？"馬力怒目相視。

"你怎麼不說它一直沒滅絕，只是人類沒發現而已？"叮叮答。

也對，草原這麼大，一時沒看見不代表不存在。

“咳、咳、”馬力咳嗽兩聲，“妳說的也不無可能。”

“好了，都別爭論了，我們還是趕緊走吧！”悲傷阿姨舉起手遮住陽光，“這裏一棵樹也沒有，希望能盡快找到水源，否則不熱死也會渴死！”

第86章‧患難與共

走了不知有多久，他們終於聽到這個世界上最美妙的聲音。

"應該就在那片綠叢中，有樹就有水，不是嗎？"馬力興奮地喊著。

此時即使是最體弱的行空，彷彿也打上了雞血，跟著大夥兒飛奔過去。

當看見滔滔不絕的河流時，他們全蹲下去掬水喝，顧不上水裏可能會有寄生蟲。

"哇！荒漠甘泉也不過如此。"喝完一肚子水後，馬力心滿意足地說。

"看！那是什麼？"黎花突然手指前方。

原來恐鶴也跟著來到河邊，想必它也口渴了。

"我以為剛喝完馬血，它不致於口渴才是。"

馬力一說完，他們同時聽到"噗通"一聲。

"行空，恐鶴會游泳嗎？"馬力問。

"這個嘛～"行空推一推他的黑框眼鏡，"應該不會才是。"

"那麼……"

沒等馬力問完，咚咚發出慘叫聲。

"怎麼了？"方臉大叔問。

"那隻大鳥快完蛋了。"咚咚答。

此時他們才留意到離恐鶴約百米處有個大漩渦。

"小心！"黎花大喊。

別說恐鶴聽不懂普通話，就算聽懂了也來不及。瞧！前後不過十幾秒的時間，那隻巨鳥便圍著漩渦打轉，從外圍進到圓心，最後消失不見。

“好奇怪！它好像很淡定，一點兒掙扎也無。”叮叮說。

“大概知道掙扎也沒用，反正會被吸進去。”黎花答。

吸進去？馬力想起洛桑博士曾說自己在抵達黃金國之前看過地球破洞，團隊中還有人被“吸”了進去。

“莫非眼前這個不是漩渦，而是地球破洞？”

馬力一問完，他們同時聽到“噗通”一聲，原來白雪也跌進河裏去。

“白雪～”行空喊完，奮不顧身去救雞。

這個瘦小的男孩不會游泳，雙手在空中拼命揮舞，他的父親見狀，立馬跳河救人。

方臉大叔這麼一跳，悲傷阿姨、叮叮、咚咚也跟著跳。

“這是怎麼回事？”黎花睜大眼睛問。

“他們是一家人，死也要死在一塊兒。”馬力答。

“你呢？會不會跟著跳？”

馬力猶豫了一下，最後還是奮力一跳，
誰讓他們是一個團隊？

就在載浮載沉中，馬力看到站在岸邊的
黎花漸漸變小，當小到像一個功夫茶杯
的高度時，馬力被一個巨大的力量給吞
噬進去，瞬間失去知覺。

第87章·發現印加文明

"馬力，醒醒呀！"

聽到行空的聲音，馬力用力睜開眼睛，看到的是一個藍灰色的世界。

"這是哪裏？"馬力坐起，用力揉揉眼睛。

"應該還在雨林裏，只是不知道座標，連我爸的羅盤也失靈了。"行空答。

果然不遠處的方臉大叔正在折騰他的羅盤。

"一、二、三、四、五......六。"馬力數著人頭，"哈！都到齊了。"

"你到底會不會數？"叮叮嗤之以鼻，"少了黎花和白雪，怎麼算都到齊了？"

少了黎花，馬力是知道的，但白雪不一樣，它早已成為團隊的一份子，缺它不可。

“白雪會不會還在水裏？”馬力問。

“找過了，沒有。看來又得往雨林深處找去，哎！”叮叮唉聲嘆氣的。

悲傷阿姨走過來問馬力可好？現在能不能走路？

“可以，沒問題。”他答。

於是他們又出發了。

走沒幾分鐘，馬力發現有事不對勁；再走十幾分鐘，他更加確信自己的第六感。

“咚咚，你有沒有覺得哪裏怪怪的？”馬力問走在他前面的人。

“沒有。”她答。

然後馬力轉過頭問身後的行空同樣的問題，他也回答沒有。

“真是奇怪，難道我眼花了？”馬力心想。

也難怪他會迷惑，觸目所及好似披上了藍灰色的輕紗，既像黎明前的天色，又像輕霧繚繞，反正很不尋常。還有，四周圍的植物雖然沒什麼大變化，但有些動物卻是第一次見到，譬如獨角獸、有豹紋的牛、雙頭蛇......等。離奇的是，這些動物對闖入者毫無反應，既不逃跑也不攻擊，彷彿看不見似的；而更加古怪的是，咚咚和行空竟不覺得這些現象很反常。

走了約莫三個小時後，方臉大叔提議休息一下，順便吃點兒東西，無人反對。

由於沒水可喝，吃了幾口乾糧後，馬力再也吃不下去。

方臉大叔隨即起身，左看右瞧後，他走向一株有點兒像竹子的細長植物，然後拔出身上的小刀。

“你們的爸爸在幹嘛？”馬力問。

“他在幫我們找水。”叮叮答。

不一會兒，每個人手中都有一根“棍子”（如今四周圍都籠罩在藍灰色的世界裏，馬力也不好判斷它的原色）。

“這是什麼？”馬力問。

無人回答，因為他們全忙著啃“棍子”，液體沿著嘴角滴落下來。

馬力趕緊照做，發現這根看起來很像甘蔗的"棍子"，味道其實更接近蘆薈，還會拉絲，解渴完全沒問題。

吃飽喝足後，馬力又有精力觀察四周，這才發覺不遠處有棵長滿枝椏的榕樹，枝上生根，像鬍鬚一樣垂掛下來……等等，沒看過那麼粗壯的榕樹呀！

馬力走近一看，發現那不是榕樹，從枝椏上低垂下來的也不是氣根，而是奇普，一種古代印加人的結繩記事方法。

這個新發現無疑很振奮人心，據說瑪若依國是古印加帝國的附庸國（印加帝國的黃金就是從瑪若依國運來的），那麼附庸國使用主子的記事方法不挺正常的？

"12000？這是什麼意思？"叮叮看著樹上的奇普問。

巫老師曾經教過孩子們如何識別奇譜數字。

馬力認為也許指的是12000公里，也就是說黃金國的位置離此有12000公里。

悲傷阿姨不苟同，因為12000可以代表很多意思，不見得是長度。

“不管怎樣，發現奇普是個好徵兆，代
表這附近有印加文明，我們且走且看吧
！”方臉大叔說。

第88章·目標在望

雨林裏到處是低矮的樹，加上荊棘叢生，很是難走，但也没達到寸步難行的程度，因為"路是人走出來"的，只要跟隨"前人"的腳步就行。

"看！"叮叮指著一棵樹，"又一個奇普，我猜是7000......哈！果然是。"

一路上，每隔一段距離，他們總能發現掛著奇普的樹，上面的數字很有規律地依次遞減，從12000、11000、10000、9000、8000，降到如今的7000。

他們又往前走一段，結果來到一個三岔口。

"這可怎麼辦？"悲傷阿姨問。

“讓我看看羅盤怎麼指示。”方臉大叔說
。

“你知道在這種情況下，那玩意兒根本
沒用，你不是已經試過了？”

“可是……”方臉大叔把拿出來的羅盤又
放回包裏，“我以為會有奇蹟。”

“這種情況”指的是哪種情況？馬力感到
不解。

由於眼前的三條路看起來都差不多，方
臉大叔要大家投票決定。

“那麼就走這一條。”方臉大叔指著最多
人選的路說。

結果走了近兩個小時，仍未見掛著奇普
的樹，根據以往經驗，他們早該看到數
字6000。

“我們好像走錯了。”悲傷阿姨說。

其他五人皆有同感，於是大家退了回去
。這次他們選擇右邊那條路，果然約一
個小時後又見到掛著奇普的樹，上面寫
著6000。

“我感覺掛著奇普的樹是路標，上面顯
示的數字是還剩多少長度能抵達目的地

，只是單位不是我認知的公里數。”馬力說。

“當然不是，”行空推一推他的黑框眼鏡，“公里是現代的產物，古印加人有自己的測量標準，譬如拿成人小指的長度當最小長度，拇指與食指打開為次長度，手臂長則是最長的長度，但顯然這些都不適用在較長距離的測量上，因為我們走過的路早超過拿手臂長當測量單位的路長。”

“該不會是以國王的身高為單位來測量吧？！”馬力衝口而出。

早期，英國因尺度紊亂，產生不少民事糾紛，後來國王下令使用他的鞋長為單位，也就是現在的foot（英尺），那麼馬力的說法也未必荒誕不經。

行空想了想，承認是有這個可能性，不過已經不重要了，根據他的計算，大約每一小時十分鐘的步程就能見到掛著奇普的大樹。

是呀！與其計算長度，倒不如使用時間，後者更容易些。

接下來，但凡面臨"岔路"困擾時，他們
會使用時間來判斷，一旦超過便重新回
到原點，另外擇路再走。

當奇譜數字顯示1000時，代表離目的地
不過一個多小時的光景，這讓他們群情
激昂。

"終於快到了，我等不及看到黃金國。"
叮叮興奮地說。

馬力想的不一樣，他等不及要和分開近
兩年的父母見面……

第89章・黃金城堡

往前不到一百米，馬力看到一頭野豬正往他們的方向衝過來。

"小心！"馬力喊完，往旁邊一閃。

與馬力的驚慌失措不同，葛家人全氣定神閒地往前走，絲毫不受影響。還好野豬後來改變奔跑的方向，危機暫時解除。

"你們怎麼知道野豬會更改路線？"馬力跟上隊伍，好奇地問行空。

"我們不知道呀！"他答。

"那麼……"

馬力話還沒問完，由遠及近的跑步聲傳來。不一會兒，一群皮膚黝黑的男人便先後出現，他們戴著插上羽毛的頭盔，穿著無袖的長袍，手裏分別拿著矛、斧頭、棍棒、石錘、戟、弓箭......等。

"哇噻！這是打哪兒來的？"馬力嚇得目瞪口呆。

顯然，這群獵人是衝著野豬而來，但萬一將矛頭對準忽然闖入的六口人，這如何是好？

馬力第一個想到的是躲藏起來，但葛家人好似事不關己，依舊按照原來的步速前進。

行空推一下馬力，說："趕緊的，落隊可不好。"

不僅葛家人的表現奇怪，那些獵人也眼瞎，竟對"不速之客"視若無睹。

更古怪的事還在後頭，沿路看到的赤腳男女，他們有的忙於採摘野果；有的忙於做手工；有的正在哺乳；有的......不論哪個，對於突然闖進的陌生人，竟然全無反應，連眼神交會都沒有。

"這也好，省得被誤解，甚至招來殺身之禍。"馬力心想。

又走了不知多久，就在穿過暗無天日的密林後，眼前豁然開朗，更攝人心魄的是一棟巍峨的城堡就屹立在穹蒼下，即使天色依然灰濛濛的，依稀能分辨那是用純度極高的黃金所砌成的。

"天哪！我們真的到了黃金國。" 叮叮喊著 。

"走！進去看看。" 方臉大叔說。

由於一路被當地人忽視，馬力現在見怪不怪，跟著葛家人一同穿過用泥土搭建的城牆，顯然，牆內牆外是截然不同的兩個世界。

當他們爬上黃金階梯，進入黃金城堡時，"哇！"、"哇！"、"哇！"......的讚歎聲不絕於耳。

馬力曾做過一個夢，夢裏所有的東西都是巧克力做的。這個夢雖然一直沒能在現實生活中實現，如今卻以另一種方式出現，瞧！黃金地板、黃金牆、黃金壺、黃金杯、黃金碗、黃金盆、黃金碟、黃金刀具、黃金面具、黃金香爐、黃金神龕......等，對照《瑪若依國—傳說中的黃金國》一書，兩者高度吻合。

不止是物，城堡裏的人也佩戴著各種黃金飾品，像是黃金耳環、黃金鼻環、黃金項鍊、黃金別針、黃金手鐲、黃金腳環……等。

他們走走停停，像劉姥姥進大觀園，事事新奇。

不一會兒，馬力被一個純金製成的小船所吸引，上面站著九個人，前四後四看似貴族，中間那位尤為特別，不僅高大許多，頭上還戴著一頂大帽子，顯得很不一般。

馬力正要拿起小船看個仔細，城堡外忽然鑼鼓喧天。

“這是什麼聲音？”叮叮問。

“不知道，咱們何不出去瞧瞧？”方臉大叔答。

於是他們魚貫而出。

第90章·失之交臂

原來黃金城堡緊挨著一個湖，湖畔站著人，有樂手（他們正敲擊著小手鼓、銅鈴和呱嗒板之類的樂器）、貴族和祭師。此時湖中有一艘木筏，上面坐著九個人，前四後四貌似皆身份高貴，但都不敵正中間那一位，他的全身灑滿金粉，頭、脖子以及四肢都戴上了黃金飾品，猛一看，像個黃金人，這讓馬力憶起城堡中的黃金小船。

當音樂停止後，"黃金人"高舉雙手，對空喊了幾句，接著躍入湖中。與此同時，岸上的貴族紛紛將金器、寶石、珍珠、翡翠、瑪瑙……等，一股腦的全投入湖中。

馬力看得瞠目結舌，這扔的可全是價值不菲的寶貝呀！

正當他們對眼前的景象嘖嘖稱奇時，一個影子以迅雷不及掩耳的速度飛來，它的尖喙似乎戳破了什麼，只聽見"啵"的一聲，藍灰色迅速褪去，這個世界又恢復原來的色彩，只是......

"天哪！湖水怎麼乾涸了？人呢？去了哪裏？"馬力大驚失色，再一轉頭，黃金城堡只剩下一個空架子。

"原來全被洗劫一空了。"方臉大叔感嘆。

聽這話，他肯定知道些什麼，馬力迫不及待想知道答案。

"馬力，"方臉大叔停頓了一下，似乎在琢磨什麼，"我們陰錯陽差墜入了四維空間，並且沿著時間軸回到過去，方才的一切不過只是倒帶重播。"

馬力看著其他人，他們皆點頭，剎那間他完全明白為什麼會被當地人（甚至雨林內的動物）所忽視。

"那麼現在看到的是當下嗎？"馬力問。

“這個問題挺難回答的，”行空推一推他的黑框眼鏡，“端看個體的相對時間軸和空間軸，拿地球人的認知來說，應該就是當下。”

也就是說，“當下”的黃金國已經没有黃金，那麼是誰盜走了這些數不勝數的金燦燦寶貝？

方臉大叔聽完馬力的疑問，默默走向城堡（少了黃金的支撐，它顯得搖搖欲墜），這邊摸摸，那邊瞧瞧，最後答：“依據切割的技術來判斷，應該是外星生物所為。”

講到外星人，馬力不由自主地想起被外星人綁架的父母，他們在哪裏？是否安好？

方臉大叔快速和悲傷阿姨交換一下眼神，然後問馬力是否還記得某晚在拉諾斯大草原上所聽到的聲音？

馬力當然記得，那聲音一會兒在東，一會兒在西，一會兒在南，一會兒又在北。黎花認為那是草原鬼魂El Silbón正在尋找獵物，可是行空卻有不一樣的看法，他認為那是飛行器飛行的聲音。

"馬力，你聽好了，我們……"方臉大叔又看了一眼悲傷阿姨，"我們認為取走黃金的外星生物目前已經飛離地球了。"

"那我父母呢？"馬力問，聲音是顫抖的。

悲傷阿姨抱住馬力，馬力的眼淚隨即滴落下來……

《未完待續》

【看不夠嗎？**B**杜的《馬力歷險記 **3** 之可可島寶藏》正等著您，以下是前三章，先睹為快。】

《馬力歷險記 3 之可可島寶藏》

第1章·黃瓜區教育局的來信

從亞馬遜雨林回來後，馬力的心情悲喜交織，喜的是父母不久前還出現在黃金國；悲的是他們和啟塔星人一同消失，目前下落不明。

葛家人同樣悲喜交織，喜的理由和馬力如出一轍，悲的是他們已經在地球上待了兩年多，如今馬力的父親依舊杳無音訊，代表他們得繼續待著，這不是他們想要的。

"孩子們，好久不見，聽說你們完成任務了，恭喜！"巫老師說。

再度看到那張甜美的笑臉，對於心有遺憾的馬力來說，不無小補。

"哎～"孩子們先後嘆氣。

“怎麼是這個反應？我以為你們會開心地歡呼起來。”

行空推一推他的黑框眼鏡，答：“其實沒有完成任務，只不過證實了啟塔星人是綁匪，馬力的父母到現在還是不知所終。”

“噢！可憐的孩子。”說完，巫老師過來擁抱馬力。

幸福來得太快，馬力還來不及享受這個過程，女神就放開他，只留下淡淡的香水味，像混合了蜜柑和海洋的氣息。

“你們有誰能告訴我這次任務都經歷了什麼？”巫老師問。

於是四個孩子你一言我一語地爭相告知，不論當時有多麼驚險，現在說起來卻樂多於苦。

“這麼說，啟塔星人取走了黃金國的所有黃金和寶石，”巫老師喃喃道，“既然如此，為什麼還要繼續控制馬力的父母？”

“馬力以為啟塔星人還會回到地球取走更多的黃金和寶石，留著他父母有助於完成使命。”叮叮說。

“誰讓妳多嘴？”馬力怒目相視。

“難道不是？”

馬力的確這麼想，但沒有任何徵兆顯示啟塔星人做此打算（但願是，否則他的父母凶多吉少），他很害怕這是自己一廂情願的想法，同時也不高興有人讀出他的心思。

“當然不是。”他假裝信心滿滿，“我父母應該已經逃離啟塔星人的魔掌，他們沒多久就會回來。”

“都這麼多天過去了，要回來早回來了。”咚咚說。

話說得没錯，但聽在耳裏很不舒服，彷彿預告他的父母已經遭遇不測，要不就是不要他了。

“我說他們一定會回來，你們怎麼就是聽不明白？”馬力嘶吼完，衝出教堂。

他以為巫老師會出來找他，結果没有。這正好，他需要時間和空間獨處一下。

此時小教堂外天朗氣清、惠风和畅，一切是那麼的美好。突然，一個白色的動態影子朝他而來，由遠及近。

“早！”刹車聲響起。

說話的是郵差，身上無一不白。

「巫老師不在。」馬力故意說。

「今天沒有咘咘的信件，」他從白色單肩包裏取出一個牛皮紙信封，「這是你的，看樣子是從政府機關寄來的。」

「你怎麼知道？」

郵差答看信封就知道了，只有政府機關會使用牛皮紙信封。

馬力沒注意到是不是只有政府機關會使用牛皮紙信封，但此信封上明明寫著寄信人是黃瓜區教育局（他的戶口所在地），這不明擺著？

「謝謝！」馬力收下信件，「對了，巫老師的名字叫巫咘咘，你可以叫她巫老師、巫小姐或巫咘咘，但請不要叫她咘咘，因為只有最親近的人才可以這麼叫。」

郵差微微一笑，答：「你真可愛，再過個五年，也許我就不是你的對手了。」

馬力問這是什麼意思？

「就是……」他停頓了一下，「就是打不贏你的意思。」

馬力心想這個答案未免可笑，郵差的氣色雖然比以前好，但仍是個病人，馬力只需一根手指頭就能擊垮他，何需等五年？

"你記住了，我會跆拳道，也會空手道，反應很靈敏，所以……" 馬力伸出拳頭，"別存壞心眼。"

第2章·楊坨

巫老師來喚馬力進去時，他把收到教育局的來信一事告知。

"除了這個，楊坨還說了什麼？"巫老師問。

"羊駝？妳指每個月送金銀珠寶來的羊駝？"

"不是那個羊駝，"她笑了，"是楊樹的楊，一坨泥巴的坨，這是郵差的名字。"

"楊坨......"馬力忍不住聯想起羊駝，"我......我還是叫他郵差吧！郵差說單看牛皮紙信封就知道是政府機關寄來的，因為只有政府機關會使用牛皮紙信封。"

"就這樣？"

馬力想了一想，答：" 他還說我很可愛，再過個五年，也許他就不是我的對手了。"

巫老師問這是什麼意思？

" 就是……就是他打不贏我的意思。"

" 楊坨是個很溫柔的人，我相信他不會使用武力解決問題才是。對了，你對他有什麼看法？"

誠如巫老師所言，郵差的確不像會動粗，偏偏這是郵差本人給的答案。還有，如果馬力記得没錯的話，剛從西藏回來没兩天，巫老師也曾問過他對郵差的看法，莫非她忘了？

" 除了由老師變成病人，再由病人變成郵差的經歷頗為傳奇外，我看不出他和別人有什麼不同。" 馬力答。

" 是嗎？我感覺他挺特別的，學識淵博，待人又誠懇，是我遇到過最好的人。"

馬力不知道郵差的學識淵不淵博，但待人倒是可以，除了和自己的女神走得太近讓他很不爽外，没什麼大毛病。

"世界上不缺學識淵博，待人又誠懇的人，但可不是每個地球人都能接受綠血人。"馬力說。

"真的嗎？"巫老師突然眉頭深鎖，"也許下次我問問他能不能接受。"

馬力心想這未免也太冒險了？！郵差能不能接受事小，萬一他洩露出去，引起科學界、醫界、天文界，乃至政界的關注，那無疑會帶來可怕的後果。

雖然內心不以為然，但馬力仍言不由衷地答："也好。"

第3章·物理競賽

晚餐桌上，方臉大叔問馬力：" 聽說你今天收到信了？"

" 嗯！是黃瓜區教育局寄來的，要我回戶口所在地參加初中物理競賽。"

叮叮問：" 為什麼是你？你的物理很厲害嗎？"

這也是馬力不解之處，初二才開始有物理課，而他初一下學期就已經離開原來的學校了。

悲傷阿姨緊接著問如果考不好，會不會受到處罰？

" 應該不會，頂多丟臉而已。" 馬力答。

方臉大叔不苟同，他猜想是福利院使的招數，如果馬力的成績不佳，代表收養家庭不行，馬力又得重回福利院。

馬力不認為這個擔憂是正確的，因為他的在校成績一向平平，再說了，成績不好不代表收養家庭就不好，這是兩回事。

「對了，你怎麼知道我今天收到信了？」馬力問方臉大叔。

「早上我見到郵差，他告訴我的。」

「你為什麼會見到他？難道你也收到信了？」

「嗯！出發到亞馬遜雨林前，我申請擴建房子，市政府同意了，所以發來公函。由於我們離家數月，郵差找不到人簽收，直到今日才完成任務，這還得感謝巫咘咘，沒有她，郵差早把信給退回去了。」

擴建房子？四個孩子齊問理由。

悲傷阿姨答：「你們都大了，應該有自己的房間。」

這真是突如其來的好消息！馬力等不及要擁有自己的房間，這樣就不會被半夜夢遊的行空給吵醒了。

"你今天只收到一封市政府寄來的信嗎？"咚咚忽然問自己的父親。

"兩封，另外一封是……"

"葛立～"悲傷阿姨大喊，但隨即降低分貝，"你的嘴巴粘上醬汁了。"

今天他們吃燒烤，不止嘴巴有醬汁，雙手也粘糊糊的，只是馬力不明白悲傷阿姨為什麼要在這個時間點提這個？

方臉大叔用手抹去嘴巴上的醬汁後，催促大家趕緊吃，因為吃完還得學習呢！

記得剛從西藏回來時，好歹有幾天相對清閒的日子，沒想到這次只休息了一天。

馬力很想抗議一下，但一想到這家人全是書蟲，他寡不敵眾，還是免了吧！

於是他埋頭苦"吃"，至少得確保自己在漫漫長夜裏不會肚餓才行。

作者介紹

在異國的背景下加入纏綿悱惻的愛情故事是B杜小說的一大特點，她的文筆清新、筆觸詼諧、畫面感很強，讀完小說有種看完一部愛情偶像劇的感覺，特別適合懷春少女及對愛情有憧憬的女性閱讀。

另外，B杜還創作了系列小說（馬力歷險記、極短篇故事集、巫覡咖啡館等），歡迎關注。

Also by B杜

《马力历险记 2 之黄金国》（简体字）
The Adventures of Ma Li (2) : Eldorado
(simplified character version)

***

《東瀛之愛》 Love in Japan

《法蘭西情人》 Love in France

《英倫玫瑰》 Love in England

《愛在暹羅》 Love in Thailand

《情定布拉格》 Love in Prague

《獅城情緣》 Love in Singapore

《愛上比佛利》 Love in Beverly Hills

《新西蘭之戀》 Love in New Zealand

《夢回楓葉國》 Love in Canada

《早安，歐巴》 Love in Korea

《迪拜公主的秘密情人》 Love in Dubai

《我在蘇黎世等風也等你》 Love in Switzerland

《巫覡咖啡館之梧桐路篇》 The Witch & Warlock Café on Wutong Road

《馬力歷險記 1 之地球軸心》 The Adventures of Ma Li (1) : The Time Axis

《馬力歷險記 3 之可可島寶藏》 The Adventures of Ma Li (3) : The Treasure of Cocos Island

《B杜極短篇故事集 (1 ~ 100)》 A Word to the Wise (Tales 1~100)

《B杜極短篇故事集（101～200）》A Word to the Wise (Tales 101～200)

《B杜極短篇故事集（201～300）》A Word to the Wise (Tales 201～300)

《B杜極短篇故事集（301～400）》A Word to the Wise (Tales 301～400)